石部魂子教授と龍石の謎

入部明子

目次

第一章　命の根

何事においてもスピリチュアルな力が邪魔をする。

石部魂子《いしべたまこ》は「ふうっ」と大きなため息をついた。

教えている大学の文学の授業で、夏目漱石の『思い出す事など』を読んでいる。言葉が光って見えなければ、どれほど授業の準備が楽になるか分からない。言葉が光って見えたり、人や言葉のオーラが見えたりする事に、どんな意味があるのか未《いま》だに魂子はその答えを見付けられずにいる。

そんな事を考えていたら、研究室のドアをノックする音がした。


「入ってもいいですか？」

研究室のドアが少し開いて学生が顔を出した。文学の授業を受講している言語学部一年生の桜井美鈴《さくらいみすず》だ。

「どうぞ」

美鈴は研究室に入ると、持っていたファイルを魂子に手渡した。

桜井美鈴のオーラはいつも青い。青いオーラの学生は、真面目だがやや融通《ゆうずう》が利かないところがある。

透明のファイルには、夏目漱石の随筆『思い出す事など』の一章から三章について感想が書かれた文学の課題が入っている。

「感想をまとめるの難しかった？」

魂子はＡ４サイズの用紙に、びっしりと打ち込まれた美鈴の感想を眺めながら出来栄えを尋ねてみた。

「ちょっと文章が難しくて」

自信の無い事が、うつむき加減な美鈴の表情からも見て取れる。今から百年以上前に書かれた文章である上に、病床にあった漱石自身について書かれた文章だ。読みにくい上に面白くも無いだろう。共感するとか、感動したとか、そんな感想は書きにくいかも知れない。

「ちょっと聞いてもいいかな。一章から三章で印象に残った言葉はある?」

「**命の根**、ですね」

美鈴は間を置かずに答えた。やはり、学生の目にも「命の根」は光って見えるのかもしれないと魂子は思った。

夏目漱石の『思い出す事など』の二章に、「命の根」という言葉がある。魂子の目にはその言葉が光って見えて目が痛い。また、同じ章にある「**命の綱**」という言葉もまぶしく頭痛さえする。全ての言葉が光って見えるわけではなく、一続きの文章の中に輝く言葉があるのだ。そのような光る言葉は、通常の書物にはないが漱石の『思い出す事など』には多くの光る言葉がある。

「どうしてその言葉なのかな？」

魂子は理由を確認したかった。

「なんだか変だから」

予想外の美鈴の答えに、魂子は少しがっかりした。美鈴の目には「命の根」が光って見えたわけではなかった。

「どう変なの？」

「命に根があるなんて変じゃありませんか。なんだか草花みたいで」

美鈴の説明を聞いて、そう言われればそうかも知れないと魂子は思った。命がすでに完成されたものだと考えると、そこから伸びていく根があるというのはおかしい。美鈴の言う事も分からないではない。

「命の根」は二章の次のような一文に登場する。


辛抱強く骨の上に絡みついてくれた余の**命の根**は、辛《かろ》うじて冷たい骨の周囲に、血の通う新しい細胞を営み初めた。

『思い出す事など』は、明治四十三年に胃潰瘍《いかいよう》となり東京の病院に入院していた夏目漱石が、退院後に静岡の修善寺に転地療養に行った時の事を書いた随筆である。漱石は修善寺の旅館「菊屋」に到着した直後から体調を崩し、明治四十三年八月六日から十月十一日まで二ヶ月ほど「菊屋」に留まる事になった。回想的な内容だがスピリチュアルな謎が多い。

二章にこんな一文がある。

考えると余が無事に東京まで帰れたのは**天幸**《てんこう》である。

この文の中の「**天幸**」という言葉は、光るだけではなく金色に縁取られている。占いも神も信じないと語る漱石が「天幸」、つまり「天の助けによって東京に帰れた」と書くにはそれなりの理由があるに違いない。そんな事を考えていたら研究室の机の上の「龍石《りゅうせき》」がカタカタと音を立て始めた。魂子はその石を右手で強く握ると、意識が遠のいた。

龍石……。そう魂子が呼んでいる石がある。今から半年ほど前だっただろうか。魂子は急に思い立って、北海道の遠軽《えんがる》という町に向かった。暑さもようやく落ち着いた九月の中頃だった。朝から降ったり止んだりの雨のせいか、遠軽の満開のコスモス園には誰一人居なかった。魂子は一千万本のコスモス畑の真ん中に立ち、どんよりとした厚い雲に向かって「おーい」と呼んでみた。その厚い雲をぬって、巨大な白龍がこちらに向かって来ているように見えた。その時、魂子は何かと繋がったような気がした。

その後、魂子はコスモス園の近くにある遠軽町の郷土館に立ち寄った。郷土館の入口には遠軽町で出土した黒曜石《こくようせき》が、大きなダンボール箱にごろごろと無造作に入っている。

入館した人は、一つだけその黒曜石をいただける。薄暗いホールに置いてあるそのダンボール箱から、魂子は最初に手に滑り込んだ石をつかんだ。ちょうど手に収まるほどの卵のような形の石だった。

魂子は手にして帰った石を、宿泊ホテルのテーブルに置いて眺めた。テーブルの電気スタンドに照らしてみると、黒曜石は案外白かった。そして何やら赤い模様が入っている。石の側面に縄のような模様があり、反対側には文字のような模様が入っていた。その石を割れないように、厚手のハンカチにくるんで持ち帰った。

大学の研究室の机の上に、ハンカチから出して持ち帰った黒曜石を置いてみて驚いた。白かったはずの石が漆黒となり、縄のように見えた模様は赤い龍の形に変わっていた。反対側の文字のように見えた模様は、はっきりと「寿」と読める文字になっていた。赤い龍の目は、ダイヤモンドのように輝いている。何の合図なのか、時折カタカタとその石が音を立てる。音を止めるために右手で石に触れると、ふっと意識が遠のく。それが龍石だ。

意識が戻ると魂子は、龍石を握りしめて漱石の宿泊する修善寺の旅館「菊屋」の二階の廊下に立っていた。以前資料で見た通りの光景だ。薄暗い廊下には、湿った重い空気が流れている。部屋の電灯の光が障子を通して漏れ、魂子の足元をほのかに照らす。何時頃なのだろう。ガラス戸の外は暗闇だ。しんと静まり返った廊下は時間が止まってしまったかのようだ。草木も眠る時刻だとすると、夜中の二時頃だろうか。魂子は勇気を出して、少しだけ部屋の障子を引くと「ことり」と部屋の中から音がした。魂子はそっと障子の隙間から部屋の中をのぞいた。

電灯に黒い布が被《かぶ》せられ、厚手の敷布団を二枚重ねた寝床に、静かに横たわる漱石の姿が薄明りの中に見えた。目覚めているようでもあり、眠っているようでもあるが漱石の唇がかすかに動いている。何か口に含んで軽くかんでいるのだろうか。口元は小さく動いているが、まぶたは閉じているようである。わずかな光で見える漱石のオーラは深い藍色だ。苦しみの深紅のオーラからやっと抜け出た事を表す深い藍色である。口の中の何かが溶けたのか漱石が口を開いた。

「もうだめかね」

魂子は漱石の言葉に驚いて、引いた障子をあわてて閉めようとした。

「きみは、もうだめだと言うのかね」

どうも魂子に発せられた言葉ではないようである。

魂子はほっとして、再び障子の隙間から中をのぞいた。

漱石は身動き一つせず、同じ言葉を繰り返した。

すると、漱石の体の向こうから声がした。

「そうです。もうだめです。あなたは温泉がお好きですが、このたびの温泉はお体のためにはなりますまい」

「私はそのために、この地に来たのだがね」

「よく存じております」

声の主の姿は見えないが、幼い男の子のような声だ。

「あなたが温泉にお入りになるたびに、命の根が縮むのです」

「命の根が縮むとは、いかなる事かな」

「**命の幅、**つまり命の長さが短くなるという事です」

「なるほど。それは困るねぇ」

　漱石が静かに答えた。

「私は、東京を発つ前からあなたの胸のポケットの中にいて、今回の旅はおやめなさいと申し上げたのですが」

　ポケット?魂子は声の主の言っている意味が分らなかった。漱石は虫か何かと話をしているのだろうか。

「この修善寺に着くまでに、あなたは御殿場《ごてんば》の駅で声がかすれ、容易に会話ができなかったでしょう。その時も―今なら間に合います。東京にお引き返しなさい―と申し上げたはずです」

「そうなのかい?」

漱石に声の主の忠告は届いていなかった。

「私の声は届いていなかったのですね」

声の主は残念そうにため息をついた後、しばらく何も話さなかった。

「君はいったい、いつから私の事を知っているんだい」

漱石は声の主に尋ねた。

「あなたが神田の小学校に通っている時からです」

「ほう。では、かれこれ三十年ほど私を知っているんだね」

「そうです。あなたは私の前を通り過ぎても、私を見ようとはなさらなかった。むろん、そんな事はどうでもよい事です。ただ、私があなたを気にしていたに過ぎませんから」

漱石は目を閉じたまま、声の主の話を聞いていた。

「どうしてそんなに私の事が気になるんだい」

そこが一番大切なところだ。声の主がどう答えるのか、魂子は声の主の答えを息をひそめて待った。

ところが、魂子の手の中にある龍石がにわかに熱くなってきた。やがて持っていられないくらい龍石が熱くなり、魂子の手から龍石が滑り落ちた。魂子は大慌てで龍石を拾おうとしたが遅かった。龍石はゴツというにぶい音をさせ、部屋の中に転がった。

「どなたかが、おいでのようです」

声の主がこちらを見ているようだ。龍石はどういうわけか声の主の近くまで転がり続けた。

「客人かい？」

漱石が声の主に尋ねた。

「はい。そのようですが、あなたの客ではなく私の客のようです」

「そこにいらっしゃるのは姉上でしょう？」

魂子の事を声の主は言っているのだろうか。返事をすれば、何か恐ろしい事が起こるような気がして魂子は声を出せなかった。

「この龍石は父上が姉上に授けたものです。それをお持ちなのだから姉上に違いありません」

魂子に弟はいない。それに龍石は誰かからもらったものではなく、遠軽町の郷土館から持ち帰った石だ。

「姉上が隠れておいでなら、私がそこへ参りましょう」

魂子は恐ろしかったが、とにかく龍石を拾わねばと障子を押し開けて部屋の中に入った。

「姉上は現世ではそのようなお姿をされているのですね」

見ると、龍石の上に光輝く小指の先ほどの小さな何かがあった。

魂子がこれまで見た事もない、金色のオーラをまとっている。動いている。瞳がある。髪は左右で束ねられ曲げてあった。ガウンのような金色の衣を羽織り、口元には笑みがある。人の形をしている。魂子が目を凝らして見ていると声の主は言った。

「スクナヒコナですよ。姉上」

姉と呼ばれ魂子は戸惑ったが、こんなに小さいのだからスクナヒコナは人智を超える何かに違いない。魂子は勇気を出して、スクナヒコナに聞きたかった事を尋ねる事にした。

「あなたは、何のためにここにいるのですか？」

「天幸ですよ」

「天幸？」

魂子はスクナヒコナの言った言葉を繰り返した。

「ここにいる方は天が大切な務めを果たす事を願われた方なのです。そのために私はこの方が幼い時からずっと近くで見守ってきました。そして今もこうしてこの方とともにいるのです」

すると、会話を聞いていたのか漱石がまぶたを閉じたまま尋ねた。

「なるほど。天のおかげで幸いな事に生き延びる事が出来ているというわけかい」

スクナヒコナは優しく微笑んだ。

「あなたがご存知の通り、**命の綱**を踏み外しこの世を去る人もいれば、なんとか留まる人もいる。あなたには、もう少しこの世に留まり果たすべき務めがある。ですから、あなたの健康を守る事が私の務めなのです」

スクナヒコナはそう言い終わると、龍石からひょいと飛び降りて魂子を見た。

「姉上、そろそろこの龍石を持ってお帰りなさい。久しぶりにお目にかかれて、とても嬉しゅうございました。龍石は熱くなる事で姉上に帰りの頃を知らせます。龍石が熱くなった後もそこに長く留まると姉上は現世に戻る事が出来なくなります。時を越える事が出来るこの龍石で現世にお戻りなさい。またいつかお会いしましょう」

そうスクナヒコナが言い終わるか終わらないかのうちに、龍石がひとりでに魂子の右手に滑り込んだ。そして、その瞬間に魂子は意識が遠のき、スクナヒコナノカミ、「薬の神、温泉創設の神」という言葉が魂子の脳裏に浮かんだ。

気付くと、魂子は研究室の机に顔を伏せていた。眠っていたのだろうか。漱石に会ったのは夢の中だったのか現実だったのか。魂子がそっと机の上の龍石に触れると、龍石にはまだ温もりが感じられた。

漱石の滞在した部屋から見た廊下
（修善寺、夏目漱石記念館）

第二章　一番の幸福

魂子は先週の授業の準備の事を思い出していた。今回授業で扱う四章と五章の文章は、漱石がなぜこの『思い出す事など』を書くに至ったかを伝える章である。授業の準備をしていたら、受講している学生からメールが届いた。『思い出す事など』の本文に辞書で調べても分からない言葉があるという。「天来《てんらい》の彩紋《さいもん》」という言葉だ。五章の一文にその言葉はある。

実生活の圧迫を逃れたわが心が、**本来の自由**に跳ね返って、むっちりとした余裕を得た時、悠然《ゆうぜん》とみなぎり浮かんだ**天来の彩紋**である。

学生の指摘した「天来の彩紋」と、同じ一文にある「本来の自由」という言葉は、授業の準備の時に光って見えていた言葉だ。「天来の彩紋」とは、天から与えられた精緻《せいち》な模様という事だろうか。学生の言う通り、よく考えてみると判然としない気がする。どのような「模様」なのか。先日会ったスクナヒコナと何らかの関係があるのだろうか。それだけではない。五章の二つの俳句には緑色のオーラがある。

秋の江に　打ち込む杭の　響きかな

秋の空　浅黄《あさぎ》に澄めり　杉に斧

そんな事を考えながら研究室で授業の準備をしていたら、窓の外に見える中庭の電灯が消え暗闇が広がった。時計は午後十時を回っている。帰り支度をしているうちに、机の上の龍石がカタカタと音を立て始めた。龍石が呼んでいる。時空を超えてどこにたどり着くのか分からない。だが、魂子は「天来の彩紋」の謎が解けるような気がして、龍石を右手で握りしめると意識が遠のいた。

気付くと、再び魂子は「菊屋」の二階の薄暗い廊下に立っていた。おそらく明治四十三年の九月中旬頃だろう。前回訪れた時よりも少し肌寒い。ガラス戸から西陽が廊下に差し込む。九月中旬頃の日暮れだから、午後六時を少し回ったところか。障子の向こうから人の声がした。見舞客なのかも知れない。どうも男の客が一人いるようだ。魂子はそっと障子を引いて部屋の中をのぞき見た。

「あなたは面白い事を言いますね」

漱石が愉快そうに相手に語りかける。今日の漱石のオーラは少し明るい青色だ。だいぶ調子が良くなっているのだろう。

声の主は紫色の衣をまとっていた。平安時代の装束《しょうぞく》のようである。

「先日伺った息子が、間もなく体調も良くなられるだろうと言うもので、図々しくもお見舞いに伺う事にしました」

「息子とは幼子《おさなご》の事かな」

「まぁ、そんなところですが、人の年齢にすると何百歳にもなりましょう」

「そうかい。ちゃんと顔を見ておけば良かったな」

漱石はそう言うと、しわがれた声を押し出すように笑った。

「時にあなたは、どこから来られたのかな」

声の主はすぐには答えなかった。

「なんと申し上げたら良いのか。天からでもあり、地からでもあり、海からでもあり、山からでもある」

漱石は感心したように「ほう」とつぶやいた。

「要は思ったところに自由に行き来できるというわけです」

声の主は、答えたとも答えていないとも言えないような、あいまいな答えを漱石に伝えた。

「良いですな。自由で。このような体ゆえ、なおさらあなたの言う自由がうらやましい」

「あなたも自由ではありませんか」

「この私がですか」

漱石の不満そうな声がもれる。

声の主は話を続けた。

「そうですとも。あなたはこうして横たわっておられる。時間がある。心は自由であるはずです。心が自由ならば、どこにだって行ける」

「どうだろうか」

漱石の声にはまだ不満の色があった。

「本来の自由とは、心が自由である事です。どこに行きたいか、何を見たいか、何を聞きたいか。その声が聞こえるならもうそれは自由なのです。あなたは行きたい場所に行く事ができる」

漱石はうなずきながら話を聞いていた。

「何か術《すべ》があるのですか」

漱石は関心があるようだった。

「術があるのです。瞳を閉じて御覧なさい。何が見えますか？」

漱石は瞳を閉じた。

「何だろうね。光かい」

「最初はそうです。しかし、しばらくすると放射状の紋様が見えてくるでしょう」

漱石は集中しようとしているのか、目を閉じたまま答えなかったが、やがて口を開いた。

「瞑想《めいそう》という事かね」

「いえ、そうではありません。放射状の紋様が見えた後、ゆっくりと目を開《あ》けて見たいものを見るのです。**秋の江**が、**秋の空**が見えませんか」

漱石は苦々しい顔をして答えた。

「私はね、若い頃に参禅した事があるが、上手く悟る事が出来なかった。それが苦い思い出でね」

声の主は首を横に振った。

「すでにあなたは悟っておられる。それを言葉にする事で本来の自由になれるのです」

「言葉にするとは？」

漱石が尋ねた。

「嬉しい、悲しい、苦しいその気持ち自体が悟りのようなものなのです。それを声にする事で、初めてその声があなたの魂に響き、そして悟りが開かれる。声になさい。言葉になさい。そうすれば、あなたは**一番の幸福**を感じるはずです」

魂子は「天来の彩紋」や「本来の自由」の答えを得たような気がした。もっとその先が聞きたかったが、手にしていた龍石が熱くなり、現世に戻る時が来ている事を魂子は知っていた。

ふいに声の主が魂子を見た。

「娘よ。何か尋ねたい事があって、ここに来たのではないのかね」

突然話しかけられ、魂子は驚きのあまり声が出なかった。

先日のスクナヒコナには姉と呼ばれたが、この見ず知らずの男がなぜ自分を娘と呼ぶのか。現世に戻るまでそれほど時間は残されていない。一つだけ男に尋ねる事にした。

「あなたは、何のために漱石先生に会いに来たのですか」

声の主は静かに答えた。

「私はこの方に言葉と自由について説きに来たのです」

薄れゆく意識の中でイザナギノミコト、「言葉にする事を伝える神」という言葉が魂子の脳裏に浮かんだ。

漱石の滞在した菊屋の部屋
（修善寺、夏目漱石記念館）

第三章　偶然の命

魂子は授業の準備のために『思い出す事など』の六章と七章を読んでいた。六章を読むと、湯島旧聖堂内にあった書籍館《しょじゃくかん》で本を読む夏目金之助少年の真剣な眼差しが目に浮かぶ気がした。この時の金之助少年は何を夢見ていたのか、どのような人生が待っていると考えていたのだろうか。

一方、七章はと言えば眉間にしわを寄せ、ほお杖をついてページを繰る夏目金之助青年の姿が目に浮かんだ。ページには力学や社会学などの難しい言葉が並ぶ。そこにある言葉は、日本語ではなく英語だ。漱石は、松山の高校でも熊本の高校でも英語教師だった事を考えれば英語は容易に読めただろうが、文字を追う金之助青年の瞳には少年の時のような輝きは無い。

魂子は自分の事を考えてみた。金之助少年と同じように日々図書室に通い、一日一冊読破した幼き頃。夢の中にはドリトル先生や赤毛のアンやキュリー夫人が登場した。寝ている時も起きている時も楽しかった。それがいつ頃からだろうか、仕事や研究に役立つ本だけを選び、眉間にしわを寄せ、ほお杖をついて読むようになり、楽しい夢も見なくなった。

そんな事を考えていたら、研究室のドアを叩く音が聞こえた。ドアを開けたのは言語学部一年生の坂口《さかぐち》真希《まき》だ。授業で一番前に座り、いつも緑色のオーラをまとっている。緑色のオーラをまとう学生は、人とのつきあい方がうまく、自分に正直な人が多い。

「魂子先生、明日の文学の授業ですが、感想は書けそうにありません」

わざわざ来たところをみると、書こうとしたのだけれど書けない正当な理由があるからだろうと魂子は思った。

「力学とか社会学とかそんな話が出てくるから、感想書くのは難しいよね」

魂子がそう言うと、真希は首を横に振った。

「難しいからではなくて、内容が間違っていると思うからです。内容が間違っているって書いても感想になるのかもしれないけれど、私が間違っているとしたら減点になりますよね」

魂子は間違っているという意味が分からなかった。誤字があるとか、表記が違っているとかそういう事だろうか。

「間違っているって言うのは、どこのところ？」

真希は手にしていた『思い出す事など』にはさんだ付箋のページを開いて、魂子に見せた。真希はそのページの長い一文を指差した。


人間の生死も人間を本位とする我らから言えば大事件に相違ないが、しばらく立場をかえて、自己が**自然になり済ました気分**で観察したら、ただ至当《しとう》の成行きで、そこに喜びそこに悲しむ理屈は毫《ごう》も存在していないだろう。

魂子は、なぜ間違っていると思うのか真希に尋ねてみた。

「どうして間違っていると思うの？」

待っていたように真希が答える。

「**自然になり済ました気分**って書いてありますよね。自然ではなくて宇宙の間違いなんじゃないかって思ったんです。書き間違えたんじゃないかなって」

「なるほど。坂口さんは「宇宙になり済ました気分で観察したら」なら感想が書きやすいんだね」

「まぁ。そういう事です」

「どんな風にまとめようと思ったの？」

「宇宙の広さに比べれば、地球なんて小さく、ましてや一人の人間なんて小さいのだから、人間の生死はちっぽけな事だと漱石は悟ったのだろう、そんな風にまとめたかったんです」

「なるほど。でも、宇宙も自然も同じじゃない？」

「いえ、違いますよ。自然は人間と一緒。どちらも限りある命じゃありませんか。無限を象徴するような宇宙とは違いますよ」

真希に言い返す事は出来なかった。

「坂口さんの理由はよく分かったよ。でも、今私に教えてくれた事をそのまま感想に書けば良いから。それで減点にはしないよ」

真希は減点にならないという言質《げんち》を魂子から取って安心したのか、一礼すると研究室を出て行った。

後に残った魂子は、真希に上手く説明できず情けない気持ちになった。

真希が指摘した箇所を、どう説明すれば良かったのだろうか。七章にもいくつかの光る言葉があるが、真希が指摘した箇所ではなく、異なる一文に光る言葉があった。

この山とこの水とこの空気と太陽のおかげによって生息する我ら人間の運命は、我らが生くべき条件の備わる間の一瞬時をむさぼるに過ぎないのだから、はかないと言わんよりも、ほんの**偶然の命**と評した方が当たっているかも知れない。

この一文の「偶然の命」は金色に輝いて見えた。真希の顔を思い出したり、文章を眺めたりしていたら机の上の龍石がカタカタと音を立て始めた。魂子はソファに座り、龍石をそっと右手で握りしめると静かに目を閉じた。急激に体温が奪われ魂子の意識が遠のいた。

魂子は意識が戻ると、再び菊屋の二階の廊下に立っていた。龍石を握って強く念ずると、戻りたい時代、戻りたい場所に戻れるようになってきた。だが、日にちや時間までは希望通りにはいかない。廊下の窓の外を見ると、漆黒の闇が広がっていた。過去に戻る瞬間に、急激に体温が下がったせいなのか体が震える。九月も下旬なのだろうか。しきりに外から虫の音が聞こえてくる。鈴虫なのかコオロギなのか。遠くから修禅寺の太鼓の音が、どん、どん、どんと三回聞こえた。耳を澄ますと漱石の寝息が聞こえる気がする。魂子は出直そうと、龍石を握りしめようとしたその時、漱石の声が聞こえた。

「何も無いところから全く新しい何かを作り出すのは難しいねぇ」

「いかにも。あれは何だと思いますか？」

声の主が漱石に尋ねた。

「あれかい？」

「はい。あの七つのあれです」

「あれは北斗七星じゃないのかい」

「そうです。ではあれは？」

「あの大きいやつかい？」

「はい」

「何だろう。木星かな、金星かな」

「木星ですよ」

「あぁ。そうかと思ったよ」

魂子は部屋の中でなぜそんな会話が成立するのだろうかと不思議に思った。迷ったが、好奇心に負けてほんの少しだけ障子を引いて部屋の中をのぞいた。

中を見て思わず声が出そうになった。部屋の天井に無数の星が輝いていた。今の時代なら、小型の投影機で部屋の中をプラネタリウムのようにする事もできる。だが、この時代にどうやったらこんな事が出来るのだろうか。無数の星は投影機で映し出したような光ではなく、満天の星空をそのまま部屋に持ち込んだような、きらめく星空が天井に広がっていた。

無数の星の輝きは、布団に横たわる漱石の顔を明るく照らしている。今日の漱石のオーラの色はオレンジ色だ。オーラの色がオレンジ色という事は、気持ちが落ち着いているのだろう。一方、会話の声の主の姿はそこには無かった。漱石は一体、誰と話していたのだろうか。やがて、漱石が口を開いた。

「こんなに美しい星空を見ていると、この星の一つになりたい気もするし、ただ下から眺めていたい気もする」

「あなたはここへ来る事ができるし、今のままそこで過ごす事もできる」

その声は、星空から聞こえたような気がした。低く優しい男の声であった。

「君からそう言われると命が惜しくなるよ。叶うならば、もう少し生きていたいね」

「偶然の命ですからね。あなたのいるその場所も、他の星から眺めれば輝く星の一つです。あなたはたまたまこの星で、命を育んでいるに過ぎないのです」

漱石は静かにうなずいた。

「偶然の命という事は、偶然その命が消える事もあるという事だね」

「おっしゃる通り。草や木がそうであるように、何か大きな理由があって消えるわけではない。そういう命の運びであるだけです。それを自然は知っている。そこに何か深い意味付けをしようというのは、おそらくあなたがた人間だけでしょう」

漱石は再び大きくうなずいた。

「では、もう一つ尋ねても良いかね」

「何なりと」

「偶然命が消えた後はどうなるのかね」

「私の元に来るだけです」

「君の元に？」

「そうです。無になるだけです」

「無に？」

漱石は声の主の言葉を繰り返した。

「無とは何も無い、存在しないという事ではありません。常に有になる存在なのです。0は常に1になる可能性がある。消えたのではなく、何にでもなれる0としてここに来るのです」

「以前、参禅に関心があってね。そんな事を考えたりもしたが、その無を空《くう》と語っていた人がいたよ。その時はよくは分からなかったが」

そう漱石が言い終わると、星空が渦を巻くように動き始めた。

「間もなく夜が明けます。そろそろ私は失礼する事にしましょう」

魂子は、とうとう声の主の姿を見る事は出来なかった。しかし、どうしても声の主の正体を知りたかった。星空は消え、すでに夜は明けかかっている。先ほどの会話が無かったかのように、漱石は穏《おだ》やかな寝息を立てて深い眠りに落ちているようだった。魂子の右手の中にある龍石はまだ熱くない。思わず魂子の口から言葉がこぼれた。

「声の主は一体、誰だったのだろう」

漱石の寝息が一瞬止んで、漱石がつぶやいた。

「アメノミナカヌシ。アメノミナカヌシ」

そして、再び漱石の寝息が聞こえてきた。

「アメノミナカヌシ。アメノミナカヌシ」

魂子も同じようにつぶやいてみた。すると、龍石がにわかに熱くなり、右手の中にある龍石を見ると、龍石がまるで水晶のように透け、龍石の中には部屋の天井に見た星空があった。龍石の中で渦巻く星空を見ているうちに、魂子の意識は遠のいていった。薄れゆく意識の中でアメノミナカヌシノカミ、「宇宙の根源の神」という言葉が魂子の脳裏に浮かんだ。

漱石が滞在した部屋の天井
（修善寺、夏目漱石記念館）

第四章　安住の地

魂子は授業の準備のために『思い出す事など』の八章と九章を読んでいた。八章に次のような漱石の漢詩がある。

円覚會参棒喝禅《えんがくにかつてさんず、ぼうかつのぜん》。　瞎兒何処触機縁《かつじはいずこか、きえんにふれん》。
青山不拒庸人骨《せいざんこばまず、ようじんのほね》。　回首九原月在天《こうべをきゅうげんよりめぐらせば、つきてんにあり》。

「円覚《えんがく》」とは、明治二十七年の暮れから明治二十八年の年明けまで、漱石が十日ほど参禅に行った鎌倉にある円覚寺《えんかくじ》の事だ。漱石は二十七歳であった。そこで漱石は、高僧から出された「父母未生以前本来《ふぼみしょういぜんほんらい》の面目《めんもく》とは何か（両親が生まれる前の本当のあなたとは何か）」という質問の答えが出せず、悟りが開けなかった。ところが、この漢詩は「修善寺で病に倒れ生死をさまよい、自分の墓から空の月を見て、円覚寺で悟れなかった悟りを開くことが出来たのではないか」という意味である。衰弱のために体を動かせず、病床から空を見続けるしかなかった苦しみは、参禅のそれとは比べものにならないほど、辛い事だったたであろう。

漱石が望んで求めた悟りの場ではなかったにせよ、漱石は生死の間で空の月を見て悟ったのである。魂子は漱石のその時の心境を想像してみた。

そんな事を考えていたら、研究室のドアを叩く音がした。荒涼とした墓穴《はかあな》から、月を眺める漱石の姿を想像していた魂子はその音に驚いた。時計はすでに午後六時を回っていた。こんな遅い時間に誰だろうとドアを開けると、言語学部一年生の佐々木《ささき》健太《けんた》が立っていた。

「あれ?面談の約束をしていたかな?」

健太にそう声をかけると、申し訳なさそうに答えた。

「いえ、先生の研究室のドアから明かりがもれていたので」

健太のオーラは黒かった。黒いオーラは最も危険なオーラだ。体調がすこぶる悪いか何かアクシデントが起こる予兆である事が多い。あるいは、何か大きな不安を抱えているのかもしれない。魂子は健太を部屋に入れてソファに座らせた。

「何か聞きたい事があるんだよね？」

健太は落ち着かない様子で、自分の手を眺めたり魂子の顔を見たりしていた。やがて気持ちを決めたのか口を開いた。

「文学の授業のあの本ですが」

「夏目漱石の『思い出す事など』ね」

「今度の授業でやる八章を読んでたんです。そこに、**安住の地**と書いてあるところがありますよね。安住の地って、苦しんだ後にしか得られない場所なんでしょうか」

魂子は、健太の質問の意味がよく分からなかった。健太が指摘したのは、きっとこの一文だ。

忘るべからざる二十四日の出来事以後に生きた余は、いかに**安住の地**を得て**静穏《せいおん》に生を営んだ**か分からない。

明治四十三年八月二十四日夕刻、漱石は八百グラムもの血を吐いて危篤状態になった。いわゆる、修善寺の大患《たいかん》と呼ばれる事態である。三十分ほど脈が弱く、傍らで見守る妻の鏡子《きょうこ》が漱石の死を覚悟したほどの状況にあった。それを漱石は「**余の一生涯にあって最も恐るべき危険の日**」と述べている。しかし、その後主治医の手厚い治療の甲斐あって、菊屋で漱石は奇跡の回復をとげた。その時の様子を語った箇所だ。

「ここで言う「安住の地」って言うのは、だいぶ回復して良くなってきたという事を言っているんじゃないかな」

魂子は、漱石の心持ちを読み取って健太に説明した。だが、健太は納得がいかない様子で首をかしげた。

「先生の言う、回復して良くなってきているという内容は「静穏に生を営んだ」というところに書いてありますよね。別に「安住の地」っていう言葉が無くても良いじゃないですか。けれど、漱石はわざわざ安住の地って入れている。だから、僕は安住の地があるって思ったんです」

魂子はようやく健太の質問の意味が分かった。つまり、安住の地が実際にあるのかどうかを聞きたいわけだ。確かに健太の言う通り、安住の地とは漱石にとってどのような場所なのだろうか。

「オーラが見えるという噂の石部先生ならもうお分かりかと思いますが、僕はいつも良くない事ばかりを考えています。自分はこの世に必要ないんじゃないかって。少しでも楽になりたい。それればかりを考えているんです。たまたま先生の授業をとって、テキストのこの箇所を読んだら、頭から安住の地という言葉が離れないんです。今度の授業で、その言葉についてよく説明してください。お願いします」

健太は声を震わせながら、言いたい事を言い切った。魂子はさっきの説明が、陳腐《ちんぷ》で申し訳ない気がしてきた。健太を納得させるような説明をしなければならないと、魂子は思った。研究室を出る健太のオーラは黒いままだった。

時刻は大学の表門が閉まる午後七時に近かったが、苦しみにゆがむ健太の顔が目に焼き付いて離れなかった。魂子は菊屋に行かねばならないと思った。机の上の龍石もカタカタと音を立てている。魂子はソファに座り、龍石を右手で握ると目を閉じた。意識が遠のき、やがて全身の力が抜けていく。

意識が戻ると、どういうわけか菊屋の帳場《ちょうば》の前に立っていた。帳場にいた女が不思議そうに魂子を眺めている。

「御用を伺っても宜しいでしょうか?」

石一つを持って立つ魂子は、宿泊客には見えなかったのだろう。それにしても白昼堂々と、帳場の前に立つ事になるとは思わなかった。魂子の白いブラウスに紺のパンツ姿は、明治の女性の目にはどう映ったであろうか。面倒な事にならなければ良いがと魂子は案じた。

「夏目先生のお見舞いに伺いました」

女は怪訝《けげん》そうに魂子を見ると再び尋ねた。

「お約束はなさっていますか？」

「えっ？はい。お手紙は、お送りしております」

とっさに魂子は嘘をついた。

「そうですか。二階はすべて夏目先生とご関係者の宿泊場所となっていますが、お客様はご宿泊でございますか？」

「いいえ、お見舞いを申し上げに伺っただけです」

「さようでございますか」

そう言うと、帳場の女は階段を指さして説明した。

「あの階段を登ると、夏目先生のお部屋がございます。ただ、今日は多くのお見舞いがあるようで、先ほどお部屋の前を通りかかったら、お部屋から多くの方の声が聞こえました。お見舞いのお客様のための控室がございますのでそこでお待ちいただき、様子を見てお入りになられたら宜しいと思います」

魂子は女に丁寧に礼を述べて、少し急な階段をゆっくりと上《のぼ》った。

いつもの菊屋の廊下に出ると、確かに女の言っていた控室らしき部屋の障子があった。控室と言っても漱石のいる部屋とふすまを隔てただけの六畳ほどの部屋で、漱石の部屋の中の会話はそのまま聞こえてくる。魂子はしばらくこの控室で、先客が帰るのを待つ事にした。今日こそは漱石と話をしてみよう、と心に決めていたのである。

漱石の部屋はやけに賑《にぎ》やかだった。何人の客が部屋の中にいるのだろう。魂子は声色の数を数えてみた。ガラガラとした声の男。ぼそぼそと話す男。話はしないが唸《うな》り声だけをあげる男。へぇへぇとうなずくだけの男。ぷぷぷと笑ってばかりの男。だめだだめだと否定するだけの男。やってしまえといきり立つ男。連れて行けと叫ぶ男。男ばかり八人だ。男たちの声を聞いているうちに魂子は不安と恐怖を感じるようになった。部屋にいる男たちは、客ではないという確信が出てきた。漱石の事が心配でたまらなくなってきた。ますます男たちの声は賑やかになり、八人がわらわらと大声で笑い出した。魂子はついに立ち上がると、ふすまを左右にどんと押し開けた。男たちを前にして魂子は腰が抜けそうになった。男たちは頬《ほお》のあたりまで目を見開き、牙がそれぞれにあった。人ではない。鬼なのか。男たちは一斉に魂子の方を振り向くと、大きく見開いた目でまばたき一つせず魂子を見た。どうする？何を言う？魂子は握りしめていた右手の龍石に目をやった。

「イザナギの娘じゃないか。何しに来た。考えようでは俺達と兄妹だ。さぁさぁ、こっちに来てこの男をどうするか一緒に考えよう」

ガラガラとした声の男がニヤニヤと笑い、長い爪のある手で魂子を手招きする。漱石は苦しそうに息をして寝ていた。

「あなた方こそ、なぜここにいるのですか？」

魂子は立ったまま男たちに尋ねた。

「なぜって。呼ばれたからよ。体にいらない部分があるから「**犬に投げてやりたい**」などとこの男が言うから、犬に投げるくらいなら皆でいただこうとここに来たまでよ」

確かに八章にそんな漱石のくだりがあった。ぷぷぷと笑っていた男は、持っていた棒で漱石の胃のあたりをつついた。何も出来ず、ただ苦しむ漱石が哀れでならなかった。なぜか自然に魂子の口から言葉が出た。

「もう黄泉《よみ》の国にお帰りなさい。その人は私にとって、とても大切な人なんです。まだあなた方の国に連れて行かせるわけにはいきません」

「すぐに岩屋に隠れる弱いお前が、そんな偉そうな事を言えたものか」

やってしまえといきり立っていた男が、大きく口を開けて薄汚い鋭い牙を魂子に見せた。

突然、手にしていた龍石が熱くなり持っていられなくなった。魂子は思わず龍石を男たちの方に放り出した。すると龍石から赤い煙が上がり、煙の中から赤龍《せきりゅう》が顔をのぞかせた。鋭い眼光に白い大きな牙が生えた赤い龍は男たちを見回した。外から雷鳴がとどろく。男たちはふらふらと立ち上がり、一人また一人と姿を消した。最後まで残っていたぼそぼそと話す男は、魂子にこう言い捨てて龍の姿となった。

「六年後に、この男を迎えにまた来る」

八人の男たちが立ち去るのを見届けると、魂子は胸をなでおろした。部屋には男たちの匂いだろうか。血なまぐさい、何かが腐ったような匂いが漂っていた。赤龍は、爪の長い手に八枚の紙札《かみふだ》を持っていた。墨で書かれた文字はなんと書いてあるのか、崩し字で読む事が出来ない。何かの呪文なのだろうか。いずれにしても、男たちを追い払った赤龍の持つこの紙札は、漱石を守る何かに違いないと魂子は思った。魂子が紙札を赤龍から受け取ると、赤龍は姿を消した。

魂子は赤龍から受け取った紙札を、漱石のいる部屋の畳に東西南北二枚ずつ間隔をあけて置いた。置いた紙札は、畳に染み込むように溶けて見えなくなった。魂子は、これでゆっくりと漱石がここで体を回復する事が出来るような気がした。

「安住の地だ」

自然にその言葉が魂子の口をついて出た。

すると、魂子が置いた八枚の紙札のあった辺《あた》りからそれぞれ声が聞こえてきた。

「安住の地だ」

「安住の地だ」

「安住の地だ」

「安住の地だ」

「安住の地だ」

「安住の地だ」

「安住の地だ」

「安住の地だ」

魂子は床に転がっていた龍石を拾い上げた。熱くなった龍石を手にすると意識が遠のき、魂子は再び現世に戻った。現世に戻るとどういうわけか左手に一枚の紙札があった。

赤龍から受け取ったのは八枚だと思っていたが、九枚だったのだろうか。

ふと、この紙札を手にする佐々木健太の顔が目に浮かんだ。

時計を見ると午後七時を一分過ぎたばかりだった。午後七時に閉まる大学の表門は、まだ閉まっていないかも知れない。急いで魂子は荷物の入ったトートバッグを肩に掛け、車のキーを手にすると足早に研究室を後にした。

あそこにいたのはヤクサノイカヅチノカミだったのだろうか。黄泉《よみ》の国に戻る八雷神の姿が魂子の脳裏に思い浮かんだ。

見舞客の控室：奥側
（修善寺、夏目漱石記念館）

第五章　運命の威力

『思い出す事など』は三十三章まであるが、ようやく明日の授業で二桁《けた》の章となる。十章、十一章は東京で洪水などの水害があり、多くの被害が出た状況を伝える内容となっている。妻の鏡子からの手紙や菊屋の下女によって、漱石は病床で水害の被害を知る事になった。

魂子は当時の状況を思い描いてみた。ちょうど研究室の窓の外も厚い雲が垂れ込め、激しく雨が降っている。九月の下旬になるが、秋雨前線の影響なのか三日間ほど雨が降り続いている。時計は午後六時をまわり、あたりは薄暗く、時折遠くで雷鳴がとどろく。こんな日は早く帰らなければ帰路が渋滞する。魂子は帰り支度をしながら今から百年ほど前の大雨や洪水を思った。

突然、研究室の天井の電灯が消え、向かいの講義棟の明かりも全て消えた。雷が近くの鉄塔にでも落ちたのだろうか。パソコンの電源を入れていなくて良かった。ほぼ帰り支度は済んでいたが、間もなく電力が復旧するだろうと荷物をソファに置いて魂子もどっかりと小花柄のソファに座った。するとと、研究室のドアを叩く音がした。誰だろう、こんな時間に。魂子は予定のない来客に戸惑った。

魂子がドアを開けると、そこには誰も居なかった。風雨で木々の枝が打ち合う音をノックと聞き間違えたのだろうか。魂子の研究室の並びには三十ほどの研究室があるが、明かりが消えて誰が在室なのかはわからない。人気《ひとけ》のない薄暗い廊下を左右に見た。すると、左側の長い廊下の突き当りで何か白いものが光ったように見えた。左側の廊下の突き当りはガラス貼りの壁になっていて、右側の廊下は突き当たると講義室が左右にそれぞれ五部屋ほど並んでいた。左側の突き当りまでは二十メートルほどあり、その白い何かははっきりとは見えない。ガラスの壁を通して入る、わずかな光に照らされ白く光っているのである。人などではなく動物のように見えた。それが少しずつこちらに向かって来る。ドアを閉めたかったがなぜか体が動かなかった。魂子はその動く白い何かから目をそらす事ができなかった。それは、初めはゆっくりとこちらに向かって来たが、やがて速度を上げて走ってきた。そして、その姿がはっきりと見えてきた。それは長く立派な角を持った白鹿《はくろく》だった。大きさは魂子の胸あたりまであるだろうか。大人の鹿というよりも、子供の鹿と言った方が良いかもしれない。白鹿は魂子の目の前を走り去ると、右側の廊下の突き当りで煙のように消えてしまった。何だったのだろう。現実ではなく夢なのか、幻覚なのか。魂子は開けたドアのノブに手を掛けたまま、数分前の記憶をたどり白鹿の姿を思い浮かべた。

「石部先生」

白鹿の去った右側の廊下を見ていた魂子は、驚いて声のする方を見た。いつの間にかドアの左側に女子学生が立っていた。廊下が薄暗く学生の顔がよく分からない。

「びっくりした。気が付かなかったよ」

「驚かせちゃってごめんなさい」

薄暗い廊下でも明るく見える白いブラウスに、白いスカートの学生はさっき見た白鹿のようだ。

「どうしたの？こんな遅い時間に」

「自習室で明日の文学の授業の予習をしていたら土砂降りになって。帰ろうと思って廊下を歩いていたら石部先生の姿が見えたので」

魂子の文学の授業を受講している学生らしい。

「ほんと。すごい雨だよね。雷も鳴っているし。何か聞きたい事でもあった？」

「分からない事っていうわけではないんですが、もし漱石が修善寺に行かずに東京に居たらどうなっていたのかなって」

「なるほど。早稲田の自宅は高台にあるけれど、東京にいたら大きな被害にあったかもしれないね。修善寺にいて命拾いしたのかも」

学生はうなずきながらつぶやいた。

「**恐ろしい事実と運命の威力**って、そういう事か」

「えっ？」

魂子は学生の言っている事がすぐに分からなかったが、十一章には確かに「恐ろしい事実」、「運命の威力」と書かれた一文がある。

恐ろしい事実がひそんでいるとも気づかずに、尾頭《おかしら》もない夢とのみ打ち興じてすましていた自分の無智《むち》に驚いた。またその無智を人間に強いる**運命の威力**を恐れた。

魂子の目にも「恐ろしい事実」という言葉と「運命の威力」という言葉が光って見えていた。漱石の義理の妹や親しい友人が大雨で被災し、身近な人が水害の被害にあっているとは夢にも思わなかったという内容である。その事を学生に説明しようとしてドアの左側を見たら学生の姿は無かった。

学生も煙のように消えてしまった。やはり夢や幻覚の続きを見ていたのだろうか。魂子はため息をつくと、ソファにあった荷物を肩に掛け、電気の復旧を待たずに帰る事にした。机の上にある龍石がカタカタと音を立てる。龍石を握りしめたかったが、帰るなら雷が遠のいた今だ。薄暗いままだがなんとか足元は見える。ドアに近づいたところでまた研究室のドアをノックする音がした。さっきの学生が何か言いたい事があって戻ってきたのかも知れない。さっき言い損《そこ》ねた説明をしようと魂子はドアを開けた。すると学生ではなく、白鹿がドアの前に立っていた。やはり夢や幻覚ではないのだ。手を伸ばせば、触れられるところに白鹿はいた。白鹿の大きな黒い瞳が魂子をとらえていた。

「どこから来たの?私に何か用なの?」

答えるはずはないと思ったが尋ねてみた。

すると、白鹿は低い声で答えた。

「何を迷っているのだ。己に従え。間に合わないぞ」

魂子の肩から荷物が滑り落ちた。魂子は踵《きびす》を返し、机の上の龍石をしっかりと右手で握りしめた。

気付くと、魂子は菊屋の二階の廊下に立っていた。廊下の窓の外は土砂降りの雨だ。十章と十一章に書いてあった、明治四十三年八月の水害の頃に来ているのかも知れない。ガラス戸に激しく雨が打ちつける音が聞こえる。漱石は、障子の内で寝ているのだろうか。魂子はそっと障子を引き、部屋の中の様子をうかがった。そこには、漱石はいなかった。部屋の真ん中に、いつものように布団が敷いてある。漱石は用を足しに部屋の外に出たのだろうか。あるいは、無理をして温泉にでもつかっているのだろうか。『思い出す事など』には体が弱り、部屋の外に出られる状態ではない事が書かれていた。魂子は急に心配になってきた。いつかの鬼のような男たちがまた来て、漱石を連れ去ったのではないか。魂子は静かに部屋に足を踏み入れると、漱石の寝床まで進んだ。そして、さっきまで寝ていたであろう漱石の布団を見て、驚きのあまり息が出来なかった。布団の真ん中に井戸のような大きな穴があり、水があふれ出そうになっていた。なんという事か。この井戸のような穴に、漱石は引き込まれてしまったのだろうか。魂子はおそるおそる穴に近づき中を覗《のぞ》き込んだ。その穴には、どこまでも透き通るような水があった。

その水底に漱石の姿があった。いや漱石の姿があったというよりも、穴の底には別の世界があった。漱石の自宅なのだろうか、たくさん本があり漱石の書斎のようにも見える。いつか見た、早稲田の漱石山房《さんぼう》記念館にある漱石の書斎にそっくりだ。漱石はその書斎でペンを執り、何かを書いている。一体何が起こっているのだ。漱石はなぜそんな穴の底にある部屋に行ってしまったのだろう。魂子は冷静に考える事が出来なかった。だが、今すぐ呼び戻さなければ、漱石は二度とここに戻る事は出来ないような気がしてきた。どうすれば水で満ちている穴の底から漱石を呼び戻せるだろう。漱石はしばらく書斎で何かを書いていたが、やがて書き終わって立ち上がった。手に葉書《はがき》を持っているようである。おそらくその葉書をこれから送りに行くのであろう。漱石の姿には黒いオーラがあった。魂子は漱石の身に、危険が迫っている事を感じた。早く漱石に危険を知らせなければ助からない。この穴に身を投じて、漱石のいる書斎に行くしか手立ては無いのか。気持ちが決まり、魂子は瞳を閉じて穴に身を投じる事にした。龍石を右手で強く握りしめた。

「いち、にの、さん」

魂子は声を出して飛び込む準備をした。すると背後から声がした。

「飛び込んではいけない。戻る事が出来なくなるぞ」

魂子が振り向くと、大学の廊下で見た白鹿が立っていた。

「では私はどうすれば良いのでしょう？」

白鹿は低い声で答えた。

「正しく恐れる事が必要だ」

魂子は白鹿の言っている意味が分からなかった。「正しく恐れる」とはどういう意味なんだろう。白鹿に尋ねようとして振り返ったら白鹿の姿はなかった。

穴を見ると、漱石は今まさに書斎を出ようとしていた。手にしている葉書の文字が虫眼鏡を通して見るように大きく見える。そこには十一章にある俳句が書かれていた。

風に聞け　何《いず》れか先に　散る木の葉

おそらくこの句に、白鹿の言う「正しく恐れる」の答えがあるに違いない。だが、漱石が書斎を出てしまったら間に合わない。魂子は手にしている龍石を穴の中に投げ込んだ。すると、龍石は右に左にと揺らぎながら静かに水の中に沈んでいく。漱石は時が止まったように、その場から動かなかった。その様子を魂子はまばたきもせずに見守った。そして思わず「あっ」と叫んだ。白鹿の言う「正しく恐れる」の意味が分かったのだ。沈む龍石が作る、無数の水泡の向こうに見えるのは漱石では無かった。葉書を持ち書斎で立っているのは魂子自身だったのだ。魂子は、水底に自分自身の姿が映し出されている事に気づいて驚いた。危うい状況になっているのは、漱石ではなく魂子自身であった。そして、いつの間にか魂子の左手には、十章の俳句が書かれた葉書があった。

病《や》んで夢《ゆめ》む　天の川より　出水《でみず》かな

散りそうになっているのは、漱石ではなく魂子自身であった。そしてここにある穴の水は、漱石が夢で作り出している大水である事にようやく魂子は気づいた。穴の底にいる自分自身を救わなければならない。突如、水の中に以前この部屋で会った八人の男たちが現れた。水の中にいる男たちの声がはっきりと聞こえてくる。

「ははは
っ。イザナギの娘のくせに気付くのが遅いぞ」

「おまえが部屋の周りに妙な紙札《かみふだ》なぞ置くから、紙札の無い寝床に黄泉の国への入口を作ってやった」

「けけけけっ」

「溺れろ、溺れろ」

「散りゆく木の葉のように水に舞え」

「男を連れ帰る事が出来ないなら、おまえが黄泉の国に来るのだ」

「おまえはすでに水の底だ」

「男の代わりに一緒に来い」

男たちは口々に魂子をののしる。魂子は白鹿の言った「正しく恐れる」の言葉を思い出していた。水底にあるのは魂子の姿を映《うつ》した仮の姿に過ぎない。ここにある水は漱石の夢の中の水に過ぎないのだ。魂子は手にしていた葉書を水に投げ入れた。そして、沈みゆく龍石に向かって叫んだ。

「赤龍よ。我が仮の姿を連れ戻しなさい」

ゆらゆらと沈む龍石から赤龍が姿を現した。赤い龍は魂子の指示を待っていたかのように、一目散に水底へと泳いで行った。そして、魂子の仮の姿をその背中に乗せると、飛ぶようにこちらに泳いで来る。赤龍の姿がみるみるうちに大きく見えてきた。それとともに水が引き、やがて赤龍は魂子の眼の前に現れた。その赤龍の背中には乗せてきたはずの魂子の仮の姿は無く、代わりに金色に輝く大きな剣が乗っていた。水であふれそうだった穴はふさがり、寝床には静かに寝息を立てて眠る漱石の姿があった。魂子はほっとして、ふらふらと漱石の寝床の横に座り込んだ。

すると、魂子の前に白鹿に乗った男が現れた。この白鹿に乗る男は一体誰なのだろう。

紺色の装束《しょうぞく》に烏帽子《えぼし》を被っている。鼻の下の髭が長く形相《ぎょうそう》は恐いが、瞳を見るとなぜか魂子は親しみを感じた。そして、男は白鹿とともに金色のオーラをまとっていた。

「あなたはどなたでしょうか」

魂子は座り込んだまま男に尋ねた。

「私はあなたに呼ばれてここにいるのです」

呼んだ覚えのない魂子は、どう返答して良いか分からなかった。

「あなたを呼んだ覚えはないのですが……」

「分からないのならお教えしましょう。ここに寝ている男の話の場面は大雨。そしてあなたの眼の前も大雨。ただの偶然ではありません。あなたが八雷神を引き寄せ、大雨にさせているのです。あなたが男の不安を、自分のものとして感じたからです。その不安を取り除くためにあなたは私を呼んだ。この白鹿は私のしもべです。私はこの剣によって姿を現す事が出来ます。水底に沈んでいた私の剣を、あなたの赤龍がここに持って来てくれました。この剣はあなたが私に授けてくださった剣なのです」

魂子は男の話を聞きながら、これまでの出来事を思い出していた。

「確かにあなたの言う通りなのかもしれません。でも、この剣をあなたに授けた覚えはありません」

男は首を横に振った。

「この剣は火の神を切った時に使った剣です。炎のように熱いこの剣を扱う事が出来るのは、私とあなたしかいません。それが何よりもの証拠なのです。信じられないのなら、その剣に触れてみなさい」

魂子は赤龍の背中にある、一メートルほどの金色の剣をそっと持ち上げてみた。剣は冷たく、鳥の羽のように軽かった。男の言っている事は本当なのかも知れない。それならばこの男と自分との関係は、どのようなものなのだろうと魂子は疑問に思った。その事を尋ねようとしたら男が口を開いた。

「その剣をあなたにお返ししましょう。あなたの恐れをはねのけるために、お使いください」

男からその言葉を聞いて、学生が言っていた十一章にある言葉を思い出した。

運命の威力を恐れる

漱石は、今もあの男たちに狙われている。そして、魂子の運命もまた漱石とともにある。漱石をどうしても守りたい。漱石を失う事は自分を失う事でもある。「運命の威力を恐れる」とはこの事ではないか。魂子は金色の剣を赤龍の背中から手に取ると、横たわる漱石の体の上にそっとのせた。すると剣はまばゆい光を放ち、溶けるように消えてしまった。

「これで良いのでしょうか？」

魂子が顔を上げ、男の方を振り返ると白鹿も男の姿もなかった。赤龍もいつの間にか龍石の中に戻り、龍石は魂子の手の中で熱くなっていた。現世に戻る時が来たのだ。魂子は龍石を右手で握りしめるとそっとまぶたを閉じた。

薄れゆく意識の中でタケミカヅチノミコト、「恐れから救い、勝利をもたらす神」という言葉が魂子の脳裏に浮かんだ。

漱石山房記念館が再現した漱石の書斎
（新宿区早稲田）

第六章　人事不省

魂子の文学の授業もいよいよ佳境に入った。『思い出す事など』の十三章は、夏目漱石が危篤状態となる章である。その章にあるこの一文は一段と光って見えた。

実に三十分の長い間死んでいたのであった

明治四十三年八月二十四日夕刻、漱石は八百グラムもの吐血をした後、三十分の間は脈が取れなかった。漱石は人事不省《じんじふせい》の昏睡《こんすい》状態で、鏡子夫人が狼狽《ろうばい》する姿が目に浮かぶ。学生はその様子をどのように思い浮かべるであろうか。魂子は、次回の授業でその三十分について学生にどう説明すべきかを考えていた。ちょうどその時、研究室のドアをノックする音が聞こえた。

「どうぞ」

魂子が声をかけると、ゆっくりとドアが開き二人の女子学生が魂子に声をかけた。

「先生、明日の文学の授業の予習について少しお尋ねしても良いですか？」

「良いですよ。どうぞ中に入って」

魂子は学生を招き入れると、二人の学生を研究室のソファに座らせた。

「どんな質問かな？」

「今回、予習課題になっている十二章と十三章は、漱石の病状が悪化して危篤状態になるところを書いた内容ですよね。危篤状態になっているのに、どうしてその時の様子が詳しく書かれているんでしょうか」

「そこのところね。十三章に書かれていたと思うけど、妻の鏡子さんの日記を参考にしたんだと思うよ。「**妻の心覚《こころおぼえ》につけた日記を読んで見て**」というところがあるでしょ」

二人の学生は手にしていた『思い出す事など』の十三章を開きながらうなずいた。

「あぁ。確かに先生の言う通り、妻の鏡子さんの日記があったからその時の様子が分かったのですね」

「そうそう。その次のところにも「**妻を枕辺《まくらべ》に呼んで、当時の模様を委《くわ》しく聞く事が出来た**」とあるでしょ」

「ほんとうだ。私たち、ここのところを読み飛ばしていたのかもしれません」

そう一人の学生が言うと、もう一人の学生が首をかしげながら魂子に尋ねた。

「先生、でもその次に「**徹頭徹尾明瞭《てっとうてつびめいりょう》な意識を有して**ある人を訪ねた記憶が残っていた」というところはどういう事でしょう？」

魂子はそんな事が書かれた箇所があっただろうかと、手元の『思い出す事など』の十三章を急いで開いてみた。学生の言う通り「徹頭徹尾明瞭な意識を有して」という箇所はあるが、その後はどういうわけか文字が霞《かす》んで読めなかった。「そんな事が書いてあったかな？」と学生に言おうと顔を上げて驚いた。

二人の女子学生は、ともに同じ紫色のオーラに包まれ魂子を凝視していた。

机の上の龍石がカタカタと大きな音を立て始めた。だが、その音を聞いても二人の学生は驚かなかった。むしろ、龍石が音を立て始めるのを待っていたかのようだ。

「先生、何か音がするようですが」

魂子は龍石の音が聞こえない振りをする事で、二人の学生の思惑《おもわく》を確かめようと思った。

「そう?私には何も聞こえないけど」

「いえ、確かに先生の机の方から音がしますよ」

「変ね。何かしら?」

机の方を振り返ると、龍石のカタカタという音が止まった。

「ほら、やっぱり音は……」

と魂子は言いかけたところで驚いた。机の上にあるはずの龍石が、学生と魂子との間にある低いコーヒーテーブルの上にあった。「なぜここに」と思う間もなく、学生が魂子に声をかけた。

「先生、私たちと一緒に漱石先生のところに行きましょう」

学生がそう言うと、テーブルの上の龍石が再びカタカタと音を立て始めた。なぜ学生が龍石を知っているのだろうか。不思議でならなかったが、今にもテーブルから転げ落ちそうなくらい激しく揺れながら音を立てる龍石を、握らずにはいられなかった。そして、魂子の意識は遠のいていった。


意識が戻ると、魂子は菊屋の二階のいつもの廊下に立っていた。そこには、二人の女子学生の姿は無かった。「一緒に行きましょう」って言ったのにと魂子は不思議に思った。すると、障子の内から漱石の話し声が聞こえてきた。耳を澄ますと、先ほどの二人の女子学生の声も聞こえる。

「若い君たちが羨ましいよ」

「若ければ未熟さゆえの苦労も多いです」

「それはそうだね」

「でも、導いてくれる多くの人がいますから不安は無いです。間もなく、私たちを導いてくれている先生もここにいらっしゃると思いますので、お話をなさってください」

「ほう。それは楽しみだ」

漱石は嬉しそうに笑っているようだ。魂子はその「先生」が自分だと信じて、障子をからりと開けた。

「漱石先生、病床にお邪魔してすみません」

魂子は、漱石の寝床に近づきながら声をかけた。研究室に来た二人の女子学生は漱石の寝床の左右に座っていた。漱石にそんなに近づいて良いものかと思ったが、魂子も漱石の様子を知りたかった。漱石はやせ細り、まぶたを閉じていた。とうてい話が出来るほど体力があるとは思えなかった。だが、漱石は口を開いた。

「君たちが言っていた先生がいらしたのかい？」

二人は声を揃えて「はい」と答えた。なぜか学生二人のオーラが、さっきまでの紫色から金色に変わっていた。漱石も二人のオーラに挟まれ、うっすらと金色のオーラに包まれていた。

「漱石先生。私はこの二人の学生と一緒に、漱石先生の書かれた書物を読んでいるのです」

魂子の話に耳を傾け、漱石はうなずいた。

「どの書物かね」

「『思い出す事など』と言う書物です」

と言って、すぐに魂子はあわてた。この時点では、漱石はまだその書物が世に出る事を知るはずはない。この病を乗り越えなければ『思い出す事など』は書かれないのだから。案の定《じょう》、漱石は怪訝《けげん》な顔をして答えた。

「そんな書物を書いた覚えは無いな。何か勘違いをなさっているのかな」

魂子はどう答えようかと迷った。

「申し訳ございません。勘違いをして漱石先生に失礼なお話をしました」

とりあえず、魂子は詫《わ》びる事にした。二人の学生は、あわてる魂子の様子をほほえみながら見ていた。漱石はその後、意外な言葉を口にした。

「私はね。これまでいくつか小説を書いて多くの人に読んでもらったが、少しくたびれてきてね。小説を書くために様々な人の様子を観察するんだが、好意が足りない。誰もがその日その日の苦労に明け暮れて、好意を持つ余裕が無いんだ。そんな様子を見ていたら、ちょっとくたびれてきてね。血の巡りが悪くなって、こんな風に床に張り付いてその日その日を何とか生き延びている有様だ」

魂子は、漱石が生きる事を諦《あきら》めかけているような気がした。体が弱っているのではなく、心が弱っているために命の危機に瀕《ひん》しているように思えた。一人の学生が漱石に声をかけた。

「漱石先生、ここにいる石部先生は私たちの文学の授業で、漱石先生の事を「永遠の推《お》し」なんて言っているんですよ」

「「推し」とは何だね」

「「推し」は少し先の未来の言葉なんです。応援したい大切な人っていう意味なんです」

学生の説明の通りだが、魂子は恥ずかしくなって両手に力が入った。握っている龍石はまだ熱くない。

「それは光栄な事だね。だが、未来の言葉っていうのが少しひっかかるね。どのくらい未来の事かな？」

漱石は学生に尋ねた。魂子は息をのんだ。学生はどう答えるのか。

「えっと…」

まさか、学生は明治四十三年から現在までの年数を計算しているのだろうか。

「えっと…百十五年ほど未来ですね」

漱石は声を立てて笑った。

「そんなに先かい。生き延びるのを諦めかけていたが、長生きして百十五年先の未来を見たいものだね」

二人の学生は、漱石の言葉を聞いて笑いながらうなずいた。

「漱石先生、それじゃあ、見に行きますか？」

魂子はぎょっとした。どんな展開になってしまうのだろうと不安になってきた。一体、この二人の学生は何者なのだ。二人とも申し合わせたように上下とも青いブラウスに青い薄手のスカートを身に着け、長い髪を赤いリボンで束ねていた。文学の授業で見かけたような気もするし、初めて見るような気もする。なんとなく、二人の顔が似ているような気もしてきた。二人は龍石の存在をすでに知っていて、その二人に連れられてここに来た。魂子は、これまでのいきさつを思い返していた。

「漱石先生、寝てばかりでは血の巡りが悪いままですよ。石部先生と一緒に百十五年後に行きましょう」

学生はそう言うと、やせ細って血管の浮いた漱石の手を握った。そして、もう一人の学生が突然、魂子の左手を握ると魂子に声をかけた。

「石部先生、石をしっかりと握ってください」

その瞬間、右手で握っていた龍石が熱くなって意識が遠のいた。

気付くと、元の研究室に戻っていた。壁の時計の針は午後六時ちょうどを指している。研究室には二人がけのソファがくの字に置いてある。一つは縦にえんじ色のストライプの入った小花柄のソファで、もう一つは少し紫がかったピンク色の二人がけのソファだ。学生二人はピンク色のソファに二人で座り、漱石は小花柄のソファに座っていた。本当に漱石を現世に連れてきたのだ。漱石は青白い顔をしていたが、辛そうにはしていなかった。立ち上がる事は出来るのだろうか。

「漱石先生、お茶でも入れましょうか」

魂子が声をかけると、漱石は首を横に振った。

「構わないで良いよ。それより私は夢でも見ているのだろうか。そこの机の上にある物は何だね？」

漱石は机の上にあるノートパソコンを指差した。

「これですか？これはコンピュータと言って、色々な情報を共有したり、情報を作ったり、誰かと通信したりする事ができる機械なんです」

テレビも無かった時代に生きている漱石だ。にわかには信じ難いだろう。驚いて辺りを見回している漱石を、魂子は少し気の毒に思った。

「私は、イギリスやいくつか諸外国を見て回った事がある。だけれども、こんな風景を見た事は無かった。本当に百十五年後に来ているのだね」

興奮しているのか、漱石の顔が少し赤みを帯びてきた。

二人の学生は嬉しそうにうなずいた。

「そうですよ。こんなに風景が変わっても、漱石先生は文学の授業で大切に学ばれているんです」

その学生の言葉を聞いて、漱石は突然立ち上がった。立ち上がって視点が高くなり、校舎の前の筑波山に続く大通りを走る車を見たのだろう。大きく目を見開いて、何度もうなずいた。

「この時代に生きてみたいな」

漱石はつぶやいた。子どものように通りを眺める漱石の姿に、魂子は切ない気持ちになった。

「漱石先生。生きてくださいね」

漱石は魂子の顔を見た。

「君にまた会えるかな」

「会いに行きますよ。漱石先生」

漱石はうなずくと、ゆっくりとソファに腰を下ろした。すると、机の龍石がカタカタと音を立て始めた。一人の学生が魂子に声をかけた。

「石部先生。漱石先生を送り届けてきます。龍石を握ってください」

そう言うと、二人の学生は漱石の両脇に立った。魂子がそっと龍石を右手で握ると、二人の学生は青い龍の姿になり漱石を抱きかかえた。そして、彼らの姿が薄らいでいき、やがて見えなくなった。壁の時計の針は午後六時半を指している。漱石がここに来てからちょうど三十分が経過していた。

魂子の脳裏にタカオカミノカミ、クラオカミノカミという言葉が浮かんだ。二人は、せきとめられていた水を流すように、漱石の血を巡らせたのだ。

漱石が滞在した部屋の縁側
（修善寺、夏目漱石記念館）

第七章　霊妙《れいみょう》な境界《きょうがい》

　魂子は呆然としていた。飼っていた愛犬が、夜中に自宅の階段で足を踏み外し骨折した。半日ほどその痛みで愛犬は鳴き続けていたが、手術後の麻酔からうまく目覚められず、愛犬はそのままこの世を去ってしまった。愛犬を守ってやれなかった自責の念は、否応《いやおう》なく魂子にのしかかった。何も手につかず、大学に行くのさえ億劫《おっくう》になった。文学の授業は『思い出す事など』の十四章と十五章が、今日の演習課題となっている。十四章と十五章は危篤状態に陥った漱石が、死の予感などせず一度死にそして生還した話だった。その事に納得できない漱石は、様々な言葉で生と死の間には意識が存在しない事を語っていた。愛犬の苦しみもがく顔がちらついて、本を開く気持ちにならなかった。しかし、演習課題に取り組む学生の姿が目に浮かび、身支度をして車のハンドルを握った。車窓を流れる景色がひどくゆっくりと、そして無意味に感じられた。

「今日は十四章と十五章ですね。それぞれ読んだ感想をまとめてきていると思うので、何人かに発表してもらいますね」

いつもの授業の風景なのに、魂子は全く別の世界に自分がいるような気がした。四十名ほどの学生は、魂子から指名されるのを待っていた。魂子は受講者名簿に目をやると、名前に緑色のオーラがある学生が何人かいた。緑色のオーラを持つ者は、他を癒す力を持っている。文字やモノがまとうオーラは、それを所有する者のオーラを反映している事が多い。魂子は名前に緑色のオーラがあった山村桜子《やまむらさくらこ》を指名した。

「十五章を読んで、気になった言葉がたくさんありました。たとえば、「**二つの世界を横断する**」や「**生から死に行く経路**」など生と死の間《はざま》にあった漱石が、その間にあるという危機感が無い事を意外に感じました。私は危篤状態にある人は「生きたい」と必死に願うものだと思っていたからです」

桜子の感想を聞きながら、愛犬は「生きたい」と願わなかったのかも知れないとさらに魂子は落胆した。次に林達夫《はやしたつお》を指名した。

「私もさきほどの山村さんと同じような感想になりますが、「**俄然《がぜん》として死し、俄然として吾《われ》に還《かえ》る**」とあるので急に死に追いやられ、急に生に戻されるという事は、自分の力ではどうしようも無い事なのかなと思いました。本当に何も思い出せないのだと思います」

達夫の感想を聞いて、愛犬は生死の間にあって、魂子の事を思い出さなかったのだろうと、さらに魂子は落胆した。

魂子は、常日頃から授業に私情をはさんではいけないと心がけてきたが、愛犬を失った悲しみは耐え難いものがあった。

そんな魂子の様子を見て心配したのか、よく研究室に顔を出す小山京子《こやまきょうこ》が授業後に魂子の研究室のドアをたたいた。

「小山さん。何か質問?」

京子はいつものように、研究室の小花柄のソファに座った。

「いえ。質問では無いんですが、いつもの魂子先生と様子が違うなと思って」

「心配して来てくれたんだね。ちょっと悲しい事があってね」

魂子は京子に心配をかけてはいけないと詳細は話さなかった。

「私は感想の発表に指名されなかったんですが、山村さんや林さんとは違う感想なんです。もし指名されて発表していたら、皆に批判されていたかも知れない。今日は指名されずにほっとしました」

京子は気遣って、今日の授業の話をしているのだろうと魂子は思った。

「山村さんや林さんのような感想が多かったけれど、小山さんの感想は違うんだね」

「はい」

さらに落胆するのではないかと魂子は聞くのが怖かったが、京子の感想を聞く事にした。

「今日の皆の感想には「生」は良いもの、「死」は受け入れ難いものという前提があったように思うんです。でも、私は生と死は対局にあるものではなくて、昨日と明日、過去と未来みたいに連続しているものなのかなと思っています。その違いは大きいけれど、どうしても人は年を取るし、時間は過ぎていく。常に私たちは「今」という時間を生きているに過ぎない。その「今」という時間をどう生きたかっていう事が大切だと思うんです」

魂子は京子の話の前半は理解できたが、後半の意味がよく分からなかった。

「という事は、漱石は「今」という時間をどう過ごしたと小山さんは思うの？」

京子はすぐには答えなかった。おそらく京子の中に答えはあるのだろうが、魂子が理解できるかどうかが心配で、答えるのをためらっているのだろう。

「あの世とこの世の間で何かあって、それで漱石はその時の意識というか記憶が無いだけなのではないかと考えています」

つまり、生と死の間で何か思わぬ事があり、漱石の記憶が喪失し、記憶を失ったまま漱石は生還したと京子は考えているのだ。漱石に記憶が無くても、京子が言うように「今」という時間はあったはずだ。思えばその間に何があったのかなど、考えた事が無かった事に魂子は気付いた。どうすれば何があったのかを確かめられるのだろうか。

「何があったんだろうね。小山さんは何か考えがあるの？」

「はい。十四章に「未練な余は…」というところがありますね。未練を感じる何かが関係しているのかなって考えています」

確かに京子の言う一文は文字が光って見える。

未練な余は、**瞑目不動**《めいもくふどう》の姿勢にありながら、半《なか》ば**不気味な夢**に襲われていた

「瞑目不動」とは安らかに死を待つ姿の事だが、その言葉をはさんで「未練な余」という言葉と「不気味な夢」という言葉があるのには、何か意味があるのかも知れない。京子の言葉がヒントになった。生と死の間《はざま》には何かがあるに違いないと、魂子は確信を持った。そしてその「間」こそが十五章にある「霊妙《れいみょう》な境界《きょうがい》」という言葉なのではないだろうか。

霊妙な境界を通過したとは無論考えなかった

京子は、魂子の事を心配しながらもアルバイトがあるからと言って帰って行った。帰り際、京子は魂子に思わぬ言葉を残した。

「必ず戻ってきて下さい」

京子が去るのを待っていたかのように、龍石がカタカタと音を立て始めた。魂子は龍石を右手で握りしめ、薄れる意識の中で漱石の言う「霊妙な境界」に行けるよう念じた。

魂子の意識が戻ると、そこはいつもの菊屋の廊下ではなかった。菊屋の庭先なのだろうか。どこからか川の流れる音が聞こえる。小川のようなちょろちょろとした水の音ではなく、ごうごうと流れる幅の広い川の音だ。少し小高い丘を上ると、下り斜面に木立があった。どうもその下った先に川があるようである。木立の向こうに、ちらと人の姿が見えた。浴衣姿だから菊屋の客なのかも知れない。その人影を追った。するとその影がこちらを振り返った。魂子はその面影に見覚えがあった。漱石だった。とっさに大きな声を出して漱石の名を呼んだ。

「漱石先生！どこに行くのですか」

「松山から友人が訪ねて来るのだよ。時間になっても来ないから、迎えに行こうと思ってね」

距離はあるのに妙に漱石の声は大きく聞こえた。誰を迎えに行こうと思っているのかは分からないが、急いで漱石に追いつかなくてはならないと魂子は思った。道がぬかるんでいて、思うように足が動かない。そして歩くたびに足跡が光った。それでもようやく漱石に追いついた。漱石は目の前の大きな川を眺めて立っていた。川幅が広く、どう考えても渡れそうにない。川には茶色く濁った水が、ごうごうと音を立てて流れている。

「渡れそうにないな」

漱石は残念そうに言った。

「そうですね。渡れそうにないですね」

二人でしばらく川を眺めていたが、川上から何かが流れてきた。物ではなく何か小動物のようだ。溺れたのだろうか。魂子はその小動物を知っているような気がした。骨ばった子鹿のような姿は、失ったばかりの愛犬に違いなかった。愛犬は流されて魂子のすぐそばまで来た。愛犬は流れに身をまかせ、川面《かわも》にゆらゆらと浮いている。

「漱石先生、川に入ってあそこに流れている犬をつかまえてきます」

魂子は愛犬が目の前を過ぎる前に抱きしめたかった。

「君、それは無理に違いないよ」

漱石は止めたが、魂子はどうしてもは愛犬の元に行きたかった。

川に入ると水は温かく、花のような良い香りがした。見た目の流れの速さに反して、入ってみると流れは穏やかだった。こんなに気持ちの良い川に入ったのは初めてだ。しかも沈む事もなく体が浮いた。川岸で心配そうに魂子を見ている漱石に声をかけた。

「漱石先生。心配はいりません。とても気持ちの良い川です」

それでも漱石は、心配そうに魂子を見ていた。

魂子は必死に愛犬に近づこうとしたが、体が浮くばかりで前には進めなかった。やがて愛犬は、向こう岸の杭《くい》に引っかかった。魂子の位置から十メートルはあるだろうか。その距離は縮まりそうになかった。

ふと気づくと、魂子はいつの間にか元いた川岸から離れつつあった。急に心細くなった。大切な愛犬を抱きしめたいが、叶わない事がはっきりと分かってきた。漱石が見守る川岸に戻ろうともがいてみたが、一向に近づく事が出来なくなった。漱石が大きな声で何か叫んでいる。その声がきれぎれに聞こえて来る。

「こちらに戻ってきたまえ」

漱石の声が魂子の耳に届いた。だが、もがけばもがくほど川の温かさ、川の良い香りに包まれ、このまま眠ってしまいたい気持ちになる。愛犬のそばでこのまま眠ってしまえば良い。魂子はいつの間にか、あまりの気持ち良さに眠りにつきそうになった。

「目を開けたまえ」

ふいに漱石の声が耳元で聞こえ、驚いて魂子は目を覚ました。見ると、漱石と見知らぬ白い着物を着た女が、小舟に乗って魂子のすぐそばまで来ていた。その女が魂子に声をかけた。

「この方から、あなたを助けてあげて欲しいと頼まれたのですよ」

魂子は白い着物を着た女に、小さく頭を下げた。

「あなたを助ける事も出来ますし、あなたがここに残りたいと言うのならそうする事も出来ます。どうなさいますか」

魂子は愛犬を見ながら迷った。

「この川から出ると、二度と私は愛犬には会えないのですね」

魂子は女に尋ねた。

「いいえ。会おうと思えばいつでも会えます」

話を聞いていた漱石が口を開いた。

「だから、この川に入ってはいけないのだよ。会えるけれど抱きしめる事は出来ない。

向こう岸は過去なんだ。君はこちらの川岸に戻り、未来を生きなければならない。私と一緒にね」

漱石の言葉に、魂子はなぜだか涙が止まらなかった。この川は、魂で出来ている川なのかもしれないと魂子は思った。そこに「居る」事だけが分かる、そんな場所なのだ。

魂子が女の小舟に乗ると、女はゆっくりと元いた川岸に向かって小舟を進めた。川岸に小舟が着くと女はこう言った。

「来た道を御覧なさい。あなた方の付けてきた足跡が光っているでしょう。あの光があるうちは帰る事が出来ます。光る足跡をたどってお帰りなさい。最後の足跡を見た時、あなた方の記憶からここでの出来事は消えてしまうでしょう。でも覚えていてください。思い出せば、いつでも会いたい魂に会えるのです」

女は、魂子の右手の龍石を見て微笑んだ。

「良いものをお持ちですね。お父上からいただいたのでしょう。大切になさってください」

そう言うと、女は静かに小舟を漕ぎ出した。

漱石と魂子は、光る足跡をたどって帰路を急いだ。最後の光る足跡を見て、ようやく菊屋の中庭まで着くと、先を歩いていた漱石は魂子の方を振り返った。

「また来なさい」

漱石の言葉が嬉しかった。やがて魂子の右手にある龍石が熱くなってきた。現世に戻る時が来たのだ。薄れゆく意識の中でククリヒメノカミ、「二つの世界をつなぐ神」という言葉が魂子の脳裏に浮かんだ。

修善寺川に架かる楓橋《かえでばし》
（静岡県伊豆市）

第八章　スピリチズム

魂子は、先日の漱石の言葉を思い出していた。「また来なさい」と言ってくれた漱石の表情を思い出していた。生きている時代が全く違うのに、これほどまでに親しみの情を持つのはなぜだろうかと、魂子は不思議に思った。川で漱石に助けられた魂子の記憶は、消えてしまっていたのである。

明日の文学の授業は『思い出す事など』の十六章と十七章だ。十七章に次のような一文がある。

余はこれほど無理な工面をして生き延びたのだとは思えなかった。

漱石は八百グラムもの吐血をして生と死の間《はざま》にいながら「**苦痛の無い心持ちであっ**

た」と十七章で語っている。死が迫っている状態でも、案外本人はそのような心持ちになるのであろうかと、魂子はやせ細った漱石の姿を思い浮かべた。一方で、十八章ではこんな風に自身の様子を漱石は語っている。

余は一度死んだ。そうして死んだ事実を、平生《へいぜい》からの想像通りに経験した。果たして時間と空間を超越した。

漱石は死後の世界をどのようにとらえていたのだろうか。漱石は方々から書物を取り寄せて調べていたようであるが、しっくりいく理屈は見い出せなかったようだ。

魂子は、明日の授業でどのように十八章を説明しようかとあれこれと考えていたら、研究室の電話が鳴った。時計を見ると午後八時を回っていた。事務室に職員が残っているとは思えないから、内線ではなく外線だろうか。魂子は不審に思ったが、受話器を耳に当てた。

「はい。石部ですが」

電話の向こうから何も応答が無かった。これまで研究室に、迷惑電話がかかってきた事は無かった。昼間であれば、事務職員が電話を受けてくれて、不審な電話が研究室に回ってくる事はない。外から直接研究室に電話をかけてくるという事は、研究室直通の外線番号を知っているという事だろう。

「ご用件は何でしょうか」

魂子は、研究室の窓の外に降る糸のような雨を眺めながら、電話の向こうにいる相手の返事を待った。しばらく待ったが応答は無かった。

「ご返事が無いので切りますね」

応答のない相手にそう言うと、受話器を置いて電話を切ろうとした。その時だった。

「こちらに来てはくれまいか」

魂子は驚いて耳を疑った。聞き覚えのある声だった。懐かしくて親しみのある漱石の声だ。血管の浮き出た細い手で、受話器を持つ漱石の姿が目に浮かんだ。

「漱石先生ですね。今どちらにいらっしゃるんですか。菊屋ですか」

魂子は嬉しさで胸が高鳴った。

「ここがどこだか……」

消え入りそうな語尾に、魂子は漱石の不安な気持ちを読み取った。

「どこに居るのか、お分かりにならないんですね」

魂子は漱石の身を案じた。

「そこから何が見えますか」

「目の前に、扉の閉まった門があるよ」

「どんな門ですか」

「辺りが暗いからよく分からないが、古い門だ。門の前には急な坂があるから、どこか小高い山の中腹にいるのだと思う」

菊屋の近くにある修禅寺のような気もするが、修禅寺の門の前には急な坂は無かったはずだ。どうすれば漱石の居場所が分かるだろうか。もう少し手がかりが欲しかった。

「漱石先生、何か他にそこから見えますか」

「大きな月が昇っているよ」

「大きな月か……」魂子はため息をついた。月では手がかりになりそうにない。そう言えば今夜は全国的に雨で、月が見える場所など無いのだがと魂子は不思議に思った。時代が違うはずなのに、漱石と電話でつながっている事が魂子にそう思わせているのだ。

「そちらに参りたいのですが、そこがどこか……」

と魂子が言いかけたところで漱石が魂子の言葉をさえぎった。

「あっ。ちょっと待ってくれたまえ。こちらに歩いて来る女がいる。ここがどこか聞いてみるから」

そう言うと、電話はぷつんと切れた。もう一度、漱石から電話がかかってくるはずだと、魂子は研究室の電話を見つめた。漱石からの電話はすぐにかかってこなかった。やがて時計が午後九時を回った。魂子は一時間ほど漱石の電話を待った。漱石はどうしたのだろうか。そこがどこか女に尋ねる事は出来たのだろうか。もしかしたら、体調が悪化して電話がかけられないのかも知れない。魂子は心配で仕方がなかった。龍石は音を立てていなかったが、右手で龍石にそっと触れた。すると、研究室の電話が鳴った。

「漱石先生ですか?場所は分かりましたか」

「連絡が遅くなって、申し訳なかったね。どうもここは、鎌倉の円覚寺《えんかくじ》の山の中にある山門らしい」

修善寺にいるはずなのに、なぜ鎌倉の円覚寺にいるのだろう。魂子は不思議に思ったが、漱石が無事でほっとした。龍石に念ずれば時空を超えて、きっと円覚寺にも行けるに違いない。

「わかりました。それではそちらに参りますから」

「いや、事情が変わってね。さっき会った女が、私を門の中に入れてくれると言うんだ。そこに寝床もあると言うから、案内してもらおうと思う」

漱石は安心したのか、明るい声を出した。

だが、魂子は月の事が気になっていた。

「そうでしたか。ちょっとお尋ねしても宜しいでしょうか。そこは月が昇っているのですね」

「あぁ、そうだよ。大きな月に照らされて、道行く人の着物はみな白く見える」

現世で照らしていない月の光に照らされ、白い着物を着た人がいる。漱石は生と死の間をさまよっているに違いないと魂子は思った。だが、どうすれば漱石を助け出せるのか。すると、机の上の龍石がカタカタと音を立て始めた。龍石に漱石の所に連れて行ってくれるよう願うより他に方法は無い。魂子は右手で龍石を握りしめた。


気が付くと、魂子は暗い坂道に立っていた。確かに大きな月が頭上に輝いている。ここはいつか資料で見た、漱石が参禅をした円覚寺の帰源院《きげんいん》だろうか。坂から続く石段の上には古い門がある。その門の前に漱石と髪の長い女が立っていた。魂子は、月の光に照らされた石段を慎重に上った。石段を上る音が聞こえたのか、漱石は魂子を見た。

「心配をかけたね。来てくれたのかね」

「はい。漱石先生が心配で参りました」

門の前にいた漱石は、病床の漱石と同一人物とは思えないほど若返っていた。それに、菊屋で着ていた浴衣ではなく洋装であった。血管が見えていた腕もたくましく見える。

そして、漱石の横には白いワンピースを着た女が立っていた。魂子はその女に見覚えがあるような気がしたが、どこで見たのか思い出せなかった。

魂子は女に少し頭を下げると、漱石に話しかけた。

「漱石先生、菊屋に戻りましょう」

すると、漱石は首を横に振って答えた。

「いや、先ほどこの人と話をしたのだがね、初めて参禅をしようと思うのだ。色々と迷う事があってね、いつの間にかふらふらとここにたどり着いたが、参禅をすれば迷いが無くなるかもしれない」

漱石は、二十七歳の時に円覚寺で参禅をした記憶が無くなってしまっているのだと魂子は思った。漱石の隣りにいる女は、漱石の話を聞きながら薄ら笑いを浮かべていたが、口を開いて相槌《あいづち》を打った。

「そうなさいませ。迷いが無くなるまで、ずっとここに居なさるが宜しい」

女の奇妙な笑い顔と無責任な相槌に、魂子は嫌な気持ちになった。

「いいえ、漱石先生。まずはお元気にならなくては、参禅は無理でございましょう。

私が菊屋にお連れしますので」

魂子がそう言うと、なぜか漱石は女の顔をうかがった。

「参禅をして答えを得られれば、死ななくて済むとこの人が言うのだ」

そのようなやりとりを漱石が女としているとは思わず、魂子は驚いた。

「それでは、答えが得られなかったらどうするのです」

魂子は女を見ながら漱石に尋ねた。

女は魂子を睨《にら》み、漱石の代わりに答えた。

「答えが出るまで、ここに居ていただくだけです」

「それはもはや、死を意味するのではないですか」

魂子は女に尋ねた。すると、女は先ほどと同じように、薄ら笑いを浮かべながら平然と答えた。

「この方はもう死んだも同然。いいじゃないですか。一つ運試しのつもりで参禅なさったら。ひょっとすると良い答えが見つかるかもしれません」

魂子は腹が立った。この女はずっとこの月下に、漱石を居させたいのだ。魂子は女の目的がわからなかった。魂子は苛《いら》立ち、女に尋ねた。

「あなたは、何のためにそのような事をおっしゃるのでしょう。漱石先生が生きたいと願っている事はお分かりでしょう。なぜそのように、漱石先生を引き留めるのでしょうか」

女は月を眺めながら言った。

「いつもそんな風に私を責めるのですね。私が良かれと思ってやった事も、あなたは何も理由を聞かず怒ってしまわれる。今宵《こよい》も、この方があなたを探していらっしゃるから、あなたと連絡が取れるようにお手伝いしました。そして、不安を取り除きたいとおっしゃるから、迷いのない世界にお連れしようとしたのです」

「「いつも」とは、どういう事でしょうか」

魂子は腑《ふ》に落ちず女に尋ねた。

「父上からあなたと私が生まれ、それからずっとです」

魂子は女の言っている意味が分からなかったが、いずれにしても女は魂子を何らかの理由で、恨んでいるのだと思った。魂子は漱石に語りかけた。

「漱石先生。先生のお心次第なのです。この月夜の世界にずっと居るか、私とともに太陽が昇る世界に戻るか。確かに、この月夜の世界なら誰からも邪魔されず、己の心に静かに耳を傾ける事が出来るかもしれません。しかし、太陽が昇る世界は苦しい事もありますが、四季折々の草花が先生の心を癒やし、先生もまた人の心を癒《いや》す存在になれるのです。どうなさいますか」

漱石は無言でしばらく門を眺めていた。やがて、魂子を見ると口を開いた。

「この門をくぐり、参禅し、全てを悟る事が出来たなら、どれほど楽になれるかと思ったが、そうではないのかもしれないね。君の言うように、ここにいれば楽にはなれるけれど、楽しくはなれないだろう。墓穴から月を見たとて美しくはあるまい」

『思い出す事など』の八章にあった、漱石の円覚寺についての漢詩を魂子は思い出した。「修善寺で病に倒れ生死をさまよい、自分の墓から空の月を見て、円覚寺で悟れなかった悟りを得たのではないか」という意味の漢詩だ。

二十七歳の時に円覚寺で参禅し、悟れなかった心残りは、今日まで漱石の胸に渦巻いていたのだと魂子は知った。そして、再び漱石は円覚寺のこの門を通るまいか悩んでいる。ここに居れば、漱石は若い姿のまま心安らかに過ごす事ができるだろう。だが、ひとたび菊屋に戻れば、苦しみのどん底に突き落とされる。漱石はそれが分かっていて、生きる事を選んだのだ。女が口を開いた。

「分かりました。残念ですがお別れです。またいつか、お会いする事もありましょう」

女はそう言うと、月の光に溶けるように姿が見えなくなった。すると、漱石は元のようにやせ細り、菊屋の浴衣で寒そうに立っていた。魂子は左手で漱石のやせ細った手を握り、右手で龍石を強く握りしめた。そして、菊屋の漱石の部屋に戻れるように龍石に念じた。

薄れゆく意識の中でツクヨミノミコト、「不老不死や若返りを司る神秘の神」という言葉が、魂子の脳裏に浮かんだ。

帰源院の門
（鎌倉市、円覚寺）

第九章　善良な人間

　魂子は文学の授業の準備のために『思い出す事など』の十八章と十九章を読んでいた。修善寺で病に倒れ、危篤状態となるまでは人の温かさとはあまり縁のなかった漱石が、漱石を見舞う人たちの温かさに触れ、その嬉しさを語った内容である。思えば、年老いた母の五男として生まれた漱石には、望まれて生まれた子とは自身を思えぬ、辛い幼少期があったであろう。自分を必要とする人々の心が辛い時期の漱石を支え、漱石もそれに応《こた》えようと必死に生きたのではないかと、魂子は漱石の生い立ちを憐《あわ》れに思った。そんな事を考えていたら、研究室のドアを叩く音がした。

「はい。どうぞ」

　魂子がドアに声をかけると、ドアが開いて文学の授業を受講している森口《もりぐち》美和《みわ》が顔を出した。美和のオーラはいつも少し赤い。赤いオーラは悲しみや苦しみ、怒りの心を反映したオーラである事が多いが、美和の場合はやや不満があるのだろう。

「魂子先生、入ってもいいですか？」

「ソファにどうぞ」

魂子が笑顔で美和に声をかけた。

「文学の授業、ちょっと難しいですね」

「漱石の本は読みやすい方だと思うけど、やっぱり明治時代の文学だからね」

そう魂子が言うと、美和は少し首をすくめた。

「本当は『坊っちゃん』とか『吾輩は猫である』とかにしてくれると、読みやすかったと思うんですよね」

確かに美和の言う通り、『吾輩は猫である』なら読みやすかっただろうと魂子は思った。

「先生はなぜ、『思い出す事など』を授業で読もうと思ったんですか」

一番説明の難しい質問だ。魂子はどう返事をしようかと迷ったが、変な理屈を言うより正直に言おうと思った。

「『思い出す事など』は言葉がたくさん光って見えるから。漱石の言葉の宝石箱だからかな」

「言葉の宝石箱！」

美和が魂子の言葉を繰り返した。

「オーラの見える魂子先生がそう言うなら、そうなのかな」

美和はあっさりと魂子の理由を認めた。魂子は美和のその呑気《のんき》な言い方が、なんだかおかしかった。

「じゃあ、ついでに魂子先生に聞いちゃおうかな。今度の十八章と十九章で最も光って見える言葉は何ですか」

「「**善良な人間**」かな」

と言った後、しまったと魂子は頭をかいた。つい美和の言葉に乗せられてしまった。呑気なのは魂子の方であった。今度の授業の予習は、十八章と十九章で最も大切だと思う言葉を『思い出す事など』の文中から抜き出す事だった事を思い出した。美和は魂子の答えを聞くと、へへっと笑い「ありがとうございました」と一礼して研究室を出て行った。

十九章に次のような一文がある。

願わくは**善良な人間**になりたいと考えた。

十八章、十九章には「善良な人間」の他にも光って見える言葉がたくさんある。まさに漱石の言葉の宝石箱だ。

切りつめられた世界
安らかながら痛み多き世界
公平で冷酷な敵

不正で人情のある敵
自分さえ日に何度となく自分の敵
怖い世間
寒い心
暖かな風
心に生き還った
病に謝した
善良な人間
幸福な考え

美和が研究室を出た後、光る言葉を眺めていたら一つだけにぶい光を放ち、漱石の言葉の宝石箱に入っていない言葉を見付けた。「幸福な考え」に続く一文に、その言葉はあった。

そうしてこの**幸福な考え**をわれに打ち壊す者を、**永久の敵**とすべく心に誓った。

「永久の敵」という言葉だ。漱石の「善良な人間になりたい」という「幸福な考え」を否定したり批判したりする者などいるのだろうか。魂子は、この一文を付け加えた漱石の本意が分からなかった。そんな事を考えながらふと、机の上に置いてあった龍石を見て魂子は驚いた。

龍石から赤龍《せきりゅう》がいなくなっていた。龍石には赤い龍の模様がある。その赤龍は魂子が追い詰められた時、魂子が危険にさらされた時、必ず龍石から抜け出して魂子を救ってくれるのである。その赤龍が、龍石にいないとはどういう事だろうか。魂子は急に不安になった。赤龍がいないと、時空を超えて漱石の元に行く事はできないのではないか。

魂子が思い付く赤龍が消えた理由は二つだ。一つは赤龍が使命を果たし、消滅してしまった。もう一つは、何か特別な使命があって石を抜け出している。前者はあまり考えられないから、おそらく後者だろう。それにしても、いつの間に石から抜け出してしまったのか。そんな事を考えていたら、龍石がカタカタと音を立て始めた。赤龍がいなくても音を立てるのかと魂子は驚いたが、そっと右手で龍石を握った。

気付くと菊屋の漱石の部屋の前にいた。障子は閉まっているが、中から漱石の声がする。

「あなたは、なぜもっと早く小説家にならなかったのかね」

漱石は声の主に問われていた。その声は、年寄りのようでもあり若い人のようでもあったが、よく通る響く声だった。

「小説家になれるものかと思っていたのだ」

声の主はため息をついた。

「そういうところが、あなたの悪いところだ」

「そういうところ？」

「自分でこうだと、決めつけるところだよ」

漱石は不機嫌そうに答えた。

「決めつけてはいないさ。ただ、何事も容易にはいかない事を私は知っている。用心深く、慎み深く、疑り深いだけだ」

「用心深く、慎み深く、疑り深い事が悪い事だとは言わないけれど、あなたはそれで損をしている。あなたは十年早く小説家になれたし、こうして病にもかからずに済んだはずだ」

漱石は返事をしなかった。病床にいる漱石に、厳しい事を言う者もいるものだと魂子は思った。見舞客のはずなのに、なぜそのように漱石を責めるような事を言うのだろうか。

「ところで、約束のものを用意してくれたのかね」

漱石は話題を変えて、声の主に尋ねた。

「あなたの言う通りにしているよ」

「それは良かった」

漱石は嬉しそうに返事をした。

「約束のもの」とは何だろう。魂子は障子をそっと引いて、部屋の中をのぞいた。部屋の中は思った以上に薄暗く、中がよく見えなかった。雨戸を閉めているわけでもないのに、部屋全体が何かに覆われたように暗かった。目を凝らして見ると、部屋の中には男が一人、漱石の枕元に座っていた。そして、天井を見上げて驚いた。魂子の赤龍が漱石を上から覗《のぞ》き込むようにして凝視していたのだ。なぜ?どのように?魂子の頭にいくつもの疑問が浮かんだ。あまりにも驚いたせいか、握っていた龍石が魂子の手から転がり落ちた。その音に気付いたのか、赤龍と男がこちらを見た。

男が魂子に声をかけた。

「誠に申し訳ないが、勝手に赤龍を借りてしまったよ」

赤龍を借りたと言われて、魂子はどう返答しようか迷った。魂子が返事に困っている間に、男は続けて説明をした。

「私は、あなたの声色《こわいろ》を使って、赤龍をここに呼び出したのだ」

一体どういう事なのだろう。魂子の頭は混乱した。

「この方は行きたい所があるのだそうだ。そこに行くためには赤龍が必要なのだ。私に原因があってそのような事になったので、私があなたの赤龍をお借りしたという事だ」

魂子はようやく口を開いた。

「原因とはどういう事でしょうか」

魂子は男に尋ねた。

「私は、この方に声に出して願いを唱えるべきだと忠告したのだよ。小説家になりたいと言えば小説家になれるし、善良な人間になりたいと言えば善良な人間になれる。考えているだけではだめなのだ。声に出す事によって、言葉は霊力を持つ事が出来ると説明したのだよ。すると、この方は過去に戻って伝えたい事があると言うのだ。それは難しいと言うと、あなたの龍石の話が出て、龍がいれば過去に戻れると言うものだから、あなたの赤龍を拝借したというわけなのだ」

魂子はおおよその事が分かった。誰に何を伝えに過去に戻りたいと漱石は思っているのか、魂子はそれが知りたくなった。

「漱石先生、過去に戻って伝えたい事があるのですね」

漱石は静かにうなずいて説明を加えた。

「君には申し訳無いと思ったのだが、いつか君が手にしていた赤い龍の模様の石が過去に戻る力を持っているのを知って、それを使わせてもらおうと思ったのだ。石そのものが無くなると、すぐに君が気づいてしまうから、龍だけをこの男に呼んでもらったのだ」

ようやく赤龍が、石からいなくなった訳が分かった。

「漱石先生、よく分かりました。私の赤龍で過去にお戻りください。そして伝えたい事をお伝えになってください。ただ、もし宜しければ、何をお伝えに行くのかお教えいただけますか」

漱石は返事に困っていたが、意を決したように心の内を魂子に伝えた。

「私はね。今回の大病で病に生き還り、善良な人間になりたいと思っている。そのためには、それを否定する永久の敵に、二度と私の前に影となって現れないように忠告しておきたいのだ。善良な人間にはなりたいが、どこまでも用心深い人間なのさ」

漱石は照れたような笑いを浮かべた。永久の敵とは誰なのだろう。いや誰というわけではないのかも知れない。幼い時からの、辛い過去そのものなのかも知れないと魂子は思った。

今まで鳴く事が無かった赤龍が一声鳴いた。その声は「キュン」というような声だった。赤龍も漱石のために一役買いたいのだろう。魂子は赤龍のいない龍石を握った。

薄れゆく意識の中でアマノコヤネノミコト、「言葉の霊力を司る神」という言葉が魂子の脳裏に浮かんだ。

菊屋玄関
（伊豆市修善寺）

第十章　幸福な人

魂子は、自分は生きているのではなく、生かされているのだと思う事がある。そう思わせられるような夢を見る事が、多いからだと魂子は考えている。ある時は、夢に観音様が現れて具体的に魂子に指示をしたり、またある時は、夢に仏様が現れて何をすれば良いかを魂子に説いたりするのだ。それが実に鮮明な夢で、夢から覚めた後にその内容を記すようにしている。そして、その指示通りに魂子は生きているような気がするのである。おそらくその事が、オーラが見えたり、言葉が光って見えたりする事と関係するのであろうが、それらの事が何を意味するのかは未《いま》だに分からずにいる。

机の上にある龍石も、なぜ自分の手に入る事になったのか、それを使ってなぜ過去と現在を行ったり来たり出来るようになったのか分からない。いずれにしても、『思い出す事など』の光る言葉を手がかりに、一つ一つ扉を開けるように謎を解いていく他はないと魂子は思っている。

明日の文学の授業は『思い出す事など』の二十章、二十一章だ。漱石が一度死に、そして生き返った事の体験を、ドストエフスキーの身に起こった事と重ねて語る話である。ロシアの文豪ドストエフスキーは、二十八歳の時に空想的社会主義者として投獄され死刑を宣告された。しかし、死刑執行直前になって恩赦《おんしゃ》によって死を免れた。

漱石、ドストエフスキー共に、死を目前とした体験がそれぞれの作品に大きな影響を与えている。生きる事への感謝の念である。それは『思い出す事など』の二十一章の、次の一文でも確認する事ができる。

生き返ったわが嬉しさが日に日に遠ざかって行く。あの嬉しさが始終わが傍にあるならば、――ドストイェフスキーは**自己の幸福**に対して、生涯感謝する事を忘れぬ人であった。

死の淵から生き返った喜びを分かち合う相手として、ロシアの文豪ドストエフスキーを選んだのには、それなりの訳があるような気がする。学識的にはいくつもの説がありそうだが、魂子は学識上の説とは別の何か強い因縁のようなものを感じるのだ。そんな事を研究室でぼんやりと考えていたら、研究室の窓の外をひらひらと蝶が舞った。十一月に入ったと言うのに、寒さに強い蝶もいるものだと魂子は思った。蝶は何か魂子に伝えたい事でもあるのか、いつまでも魂子の研究室の窓の外を舞っている。不思議に思って魂子が窓を開けると、待っていたかのように蝶がふわりと研究室に入ってきた。まさか魂子の研究室で暖を取ろうとしていたわけでは無いだろうが、蝶は明らかに目的があって魂子の元にやって来たように見えた。

近くで見ると、蝶の羽は白というよりも桃色に近かった。黄色い羽をした蝶は見た事があるが、桃色の羽をした蝶は今まで見た事が無かった。やがてその蝶は何かを探すように研究室を一周すると、魂子の机まで飛んで来て龍石にとまった。桃色だったのは、羽ばかりではなかった。すっと細く伸びた触覚も、その近くにある目も桃色だった。こんな蝶がこの世にいるのだろうか、と魂子が思った時だった。急に龍石がカタカタと音を立て始めた。桃色の蝶は動じずに龍石にとまったままだ。魂子は蝶に触れないように気を付けながら、そっと龍石を両端からつかんだ。すると、魂子の意識は薄れ、桃色の蝶はふわりと飛んで魂子の肩にとまった。

魂子は意識が戻ると菊屋の中庭にいた。菊屋の中庭にある大きな池で、鯉がぴしゃりと水面《みなも》を打つ音が聞こえた。池の水面に陽光が反射して、池の淵にある木々の葉を明るく照らす。現世は十一月だが、ここは九月に入ったところだろうか。夏の暑さが少し残っているが、時折涼しい秋の風が池の水面を渡ってくる。二階の漱石の部屋から話し声が聞こえた。見舞客だろうか。魂子は二階の漱石の部屋を見上げると、窓辺に研究室で見た桃色の蝶がとまっていた。

魂子は漱石の様子をうかがうために、菊屋の階段をそろりそろりと上った。漱石の部屋の前まで行くと、声の主との会話がはっきりと聞こえてきた。

「確かに、人が心を改めるのは難しいものだね」

漱石は、声の主の話に答えているようであった。声の主は若い女のようだ。

「人の心は、ちょっとやそっとでは変わりはしませんから」

「心を改めるという事は、自分の考え全てを一度否定しなきゃいけない。そんな事は人に強要できないし、自分が強要されるのも御免だ」

「漱石先生、そこで私は改めるのではなく、生まれ変わるのはどうですかとお尋ねしているのです」

漱石はすぐには返事をしなかった。中庭から、鯉が池の水面をぴしゃりと打つ音が聞こえる。その音が一回、二回と増えていく。漱石はまだ返事を考えているのだろうか。静けさの中で、障子を引いて中をのぞく事がためらわれた。魂子は廊下で漱石の返事を待った。もしかしたら、漱石は話に疲れて寝てしまったのかもしれない。あるいは、返事を考え込んでいるのだろうか。そのうちに、漱石に何か異変が起きているのではないかと魂子は心配になってきた。魂子は耐えかねて、そっと障子を引いて中をのぞいてみた。すると、驚くような光景が広がっていた。研究室で見た桃色の蝶が何百匹と飛んでいる。無数の蝶が舞う中で、黒いオーラのある漱石は気持ち良さそうに眠っているのだ。そして、蝶たちは舞いながら子守歌のように静かに何か歌っていた。魂子は耳を澄まして蝶たちの歌を聞いた。

池を打つ音ひとつ
胸を打つ音ひとつ
夢ひとつ
命ひとつ

蝶たちの歌声を聞いていると、なぜか優しい気持ちがあふれてくる。感謝の気持ちや幸せな気持ちがあふれてくるのだ。魂子は蝶たちの歌の意味を考えた。「池を打つ音」

は鯉の水面を打つ音かもしれない。「胸を打つ音は」心臓の音だろうか。「夢ひとつ」は漱石にとって生きて東京に戻る事だろう。では、「命ひとつ」はどういう意味だろうか。そんな事を考えていたら、飛んでいた無数の蝶が漱石の布団の上に一斉にとまった。漱石の布団は蝶たちの羽で桃色になった。そして、蝶たちの歌声も聞こえなくなった。しばらくすると、布団の上にとまっていた桃色の蝶たちが小さく羽ばたき始めた。やがて蝶たちが再び歌い始めた。

連れて行こう春の世界へ
連れて行こう姫の所へ
連れて行こう新しい世界へ

そして、数百匹もの羽ばたく桃色の蝶がとまった布団とともに、漱石はふわりと畳を離れ宙に浮いた。魂子は驚いて声が出そうになった。蝶たちはどこへ漱石を連れて行こうと言うのだろうか。宙に浮いた漱石と布団は、窓にとまっている桃色の蝶の方へと移動していく。このまま窓の外へと漱石は運ばれてしまうのではないかと、魂子は心配になった。魂子は障子を大きく開けると、窓にとまっている桃色の蝶に話しかけた。

「漱石先生をどこに運ばせるおつもりでしょう?」

魂子が問うと、桃色の蝶は桃色の羽衣を着た女になり、窓辺に立った。

「この方は生まれ変わるのです。新たな命として」

魂子は驚いて、女に詰め寄った。

「漱石先生は、生まれ変わる必要はありません」

すると、女は首を横に振った。

「いいえ。人は生まれ変わらねば、考えを変える事も、心を改める事もできません」

女はきっぱりと魂子に言った。魂子は納得がいかなかった。

「漱石先生は、自分を偽らずにこれまで生きてこられました。だから、心を改める必要などないのです」

魂子は必死に女に話しかけた。

「この方は苦しんでおられます。己を信じていても、人は蝶によってこのように宙を漂うほどはかないものなのです。私は生まれ変わる事を望む者のために、力を貸す事を使命としています。この方は、生まれ変わる事を望んでいる。だから、私はここにいるのです」

魂子はどう言い返して良いか分からなかった。辛い幼少期を過ごし、この世の生きにくさを思う事の多かった漱石は、もしかしたら生まれ変わる事を望んでいるのかも知れない。だが、このまま漱石が蝶とともに去るのを見ていて良いはずはない。とにかく、女に何かを言わねばならなかった。

「漱石先生は、この後どうなるのでしょうか」

「外に池がありますね。その水の力と太陽の光の力を借りてこの方は浄化され、新しい命となるのです」

漱石は肉体を奪われ、新たな命となって誕生するという事なのか。魂子は納得がいかなかった。漱石がそんな事を望んでいるとは思えなかった。蝶の歌が聞こえてきた。

連れて行こう春の世界へ
連れて行こう姫の所へ
連れて行こう新しい世界へ

蝶たちの歌を聞いているうちに、魂子の口から言葉がこぼれた。

「人は変われるのです。死を体験した者は生の信者となります。生きる事に感謝し、命の尊さを人に伝える伝道師となるのです。伝道師として生きる漱石先生を、信じていただきたい」

魂子は女の目を見て言った。女の目には、桃色の透き通るような瞳があった。

「伝道師……」

女は、桃色の瞳を一度静かに閉じると、魂子をまっすぐに見た。

「イザナギの娘であるあなたが言うのなら、その言葉を信じましょう。この方が生きる事に感謝し、命の尊さを人に伝える伝道師となる事を信じて待つ事にします」

すでに、漱石は窓の外に浮いていたが、光と水の力で浄《きよ》められ漱石には輝く金色のオーラがあった。

「浄められたこの方の命は、このあと輝く事になるでしょう。ただ、それほど多くの時間が残されているわけではありません。六年後にまたお迎えに参ります」

女はそう言うと、再び桃色の蝶となって窓の外に飛び立った。

魂子は茫然《ぼうぜん》と蝶を見送った。いつの間にか漱石は、布団の上で静かに寝息を立てて眠っていた。魂子が握っていた龍石がにわかに熱くなり、現世に戻る時を知らせていた。ドストエフスキーは出獄後にキリスト教的人道主義者となった。命の尊厳を伝える伝道師となったのである。そんな事を考えるうちに、魂子の意識が遠のいていった。薄れゆく意識の中で、桃色の蝶が飛ぶ姿がかすかに見えたような気がした。そして、タマヨリヒメノミコト、「新しい始まりの神」という言葉が魂子の脳裏に浮かんだ。

菊屋回廊から見た中庭の池
(伊豆市修善寺)

第十一章　好意の干乾びた社会

明日の授業は『思い出す事など』の二十二章、二十三章、二十四章だがそれほど難解な内容ではない。二十二章は病床で漱石が看護を受けている様子、二十三章は漱石の医療従事者への感謝の気持ち、二十四章は自然を懐かしく思う漱石の様子が書かれていた。文学の授業の準備を終えて、魂子が研究室を出ようとしたら、ドアの外に男子学生が立っていた。見覚えがあるような無いような、顔も名前もはっきりと思い出せなかった。男子学生は『思い出す事など』を手にしていた。そして、怒りを示す濃い赤いオーラがあった。時計を見ると午後五時を回っている。

「何か、質問かな？」

魂子が学生に尋ねると、学生は静かにうなずいた。

「明日の準備学習ですが、気になる言葉を探して自分なりの解釈をする事でしたよね。

一応、気になる言葉はあるんですが、解釈が間違っている気がして先生に確認したかったんです」

魂子は積極的に授業に参加してもらうために、毎時準備学習を課している。自分なりに読み解く事で、他者はどう読み解いているか関心が持てるようになり、その分だけ作品を深く理解する事が出来るからだ。読み解き方に正解があるわけではない。作品から何を得るかは、読者のそれまでの経験や知識によって異なる。男子学生はどんな言葉が気になって質問に来たのだろうか。こんな時間まで準備学習をして質問に来るのだから、よほど気になる言葉があるのだろう。

「せっかく質問に来てくれたんだものね。どうぞ中に入って。あのソファに座って」

魂子は学生を研究室の小花柄のソファに座らせた。

「どの言葉が気になるのかな?」

学生が手にしている『思い出す事など』を見ながら尋ねた。

「**好意の干乾《ひから》びた社会**っていうところです」

二十三章には学生が指摘した、次のような一文が何度も出てくる。

好意の干乾びた社会に存在する自分を切にぎごちなく感じた。

「「好意の干乾びた社会」は何度も出て来るキーワードだからね。それについてどう考えたの？」

魂子は学生の考えを尋ねてみた。

「優しさが無い社会っていう事ですか？」

なるほどと魂子は思った。

「その通りかもね」

魂子は学生の言葉に相槌《あいづち》を打ったが、学生は首をひねって納得がいかない様子だ。

「それなら「好意の無い社会」って書けば良いじゃないですか。なぜ「干乾びた」などという言い方をするのでしょう」

確かにその通りだ。「干乾びた」という事は、もともとは水分を含んだ良い状態があって、徐々に水分が抜けてゆき干物のように生気《せいき》が無くなった状態に変化してしまったという事だ。つまり、干乾びても「好意が無い」というわけではない。そんな事を考えていたら、男子学生は厳しい口調で説明を始めた。

「この二十三章を読んでいると、どういうわけかイライラするんです」

「イライラ？」

「漱石は義務ではなく、好意を持って自分に接して欲しいって、言っているように読めます。もっと、人の事を考えろって、言っているような気がするんです。だから、イライラするんです」

魂子はなぜ学生がイライラするのか、説明を聞いてもよく分からなかった。

「漱石が、若者に自分勝手だと言いながら、漱石自身も自分勝手じゃないかって思ったんだね」

「まぁ、そういう事です。アルバイトをしていると、ちゃんと仕事をしているのに笑顔が足りないって、客に言われる事があります。ちゃんとやるべき事はやっているんだから、無理して客に笑顔を見せる必要なんてないと思っているんです。だから、たぶん「好意の干乾びた社会」っていう言葉を見て、文句を言ってくる客と同じだって、思って……」

『思い出す事など』が書かれた明治時代とは背景は異なるが、現世でも「好意が干乾びている」と文句をつける人はいるわけで、その矛先《ほこさき》はいつの世も若者に向けられがちなのかも知れない。学生の気持ちが、だんだん分かってきた。

「「好意が無い」ってストレートに言えば良いのに「好意が干乾びた」という言い方はとても嫌味で、本当は好意があるくせに、出し惜しみしてるっていう風に聞こえてイライラするんです」

魂子は、学生の言いたい事の全体像が分かった。

「なるほど。その解釈も間違っていないと思うよ」

学生は胸にある言葉を全て出したからか、ほっとした顔をして魂子を見た。

「先生にお話したら、なんだか気持ちがすっきりしました。二十三章を読み出したらアルバイトの事が思い出されてイライラしましたが、話してみたら漱石は可哀想な人なのかなって、同情する気持ちになってきました」

男子学生のオーラは、いつの間にか平穏な心に戻った事を示す緑色のオーラに変わっていた。学生はソファから立ち上がると、一礼して研究室を後にした。

「可哀想な人……」

学生の放ったその言葉が、魂子の頭の中で何度も繰り返された。好意が干乾びているのは「社会」ではなく、好意を感じる事の出来ない「漱石自身」ではないか、そう学生は言いたかったのかもしれない。二十三章のこの一文を読むと、そんな気もしてくる。

自分が人に向かってぎごちなくふるまいつつあるにもかかわらず、自らぎごちなく感じた。そうして病に罹《かか》った。そうして病の重い間、このぎごちなさをどこかへ忘れた。

漱石は好意を感じる事の出来ない自分を「ぎごちなく」思い続け、修善寺で生死をさまよい、求めていた好意にようやく出会えたのである。胃潰瘍となる前に、すでに苦しんでいた漱石の姿が思い浮かび、学生の言うとおり漱石が可哀想になってきた。魂子は急に漱石に会いたくなった。病床でようやく好意と出会えた漱石の姿を、見たくなったのである。タイミング良く、机の上の龍石がカタカタと音を立て始めた。魂子は、龍石を右手で握ると意識が遠のいた。

意識が戻ると、魂子は菊屋の漱石の部屋の前に立っていた。部屋の中から話し声がする。聞き覚えがある声だ。そっと漱石の部屋の障子を引くと、さっきまで研究室にいた男子学生が、漱石が寝ている布団の横に座っていた。魂子は過去に戻ったのか、あるいはまだ現世なのか、目の前の状況に頭が混乱した。すると、男子学生が魂子の姿に気づいて声をかけた。

「石部先生ではありませんか。さっきはありがとうございました」

やはり先ほどの学生に違いなかった。魂子が混乱している姿を見て、説明が必要だと思ったのか学生が話し始めた。

「私はこんなものを持っているんです。これを掴《つか》んで念ずると過去に戻る事が出来ます。きっと先生もそのような物をお持ちなのでしょう」

学生の手には、左右に段違いに三つの枝刃があり、先端にも刃がある七十センチほどの剣《つるぎ》があった。輝くような剣ではなく錆《さ》びた古めかしい剣だった。

「先生とお話した後、急に漱石先生に会ってみたくなって、この剣を使ってここに来てみたんです」

そんな事もあるのだと、魂子はただ驚くばかりだった。

魂子は障子を開いて部屋に入り、学生とは反対側の漱石の布団の近くに座った。漱石のオーラはオレンジ色だった。だいぶ体調が回復しているのだろう。血色も良く、血管の浮いていた細い腕はしっかりとして見えた。

「君の教え子なのかい」

漱石は魂子に尋ねた。

「はい。先ほどまでこの学生と漱石先生の書物について語り合っておりました」

「そうかい。どの書物かね」

魂子はうっかり『思い出す事など』と答えそうになったが、修善寺にいる漱石はまだ『思い出す事など』を書いていない。とりあえず、漱石が修善寺に来る前に書いた小説の題名を答えた。

「『門』です」

学生は少し驚いた顔をしたが、状況を理解したのか魂子の顔を見てうなずいた。

「『門』かね。若い学生さんにはちょっと難しいかも知れないね。四十を過ぎて、ようやく書くに到った話だからね」

すると、男子学生が漱石に尋ねた。

「漱石先生、私はまだ『門』という小説をよく理解できていないので、先生にお尋ねするのは失礼かも知れないのですが、漱石先生が『門』で書きたかったのは「人は迷うもの」という事ですか」

「どうしてそう思うんだい」

「参禅する場面があるからです」

「なるほど。小説の題名も『門』だから、そこが見せ場だと思うのは正しい読み方だね」

漱石は、学生の言う事を否定しなかった。学生はさらに自分の考えを漱石に伝えた。

「『門』を読んでいると、私は少しイライラするんです」

学生が『門』にもイライラしていた事に魂子は驚いた。

「ちょっと変な言い方ですが、実際には私がイライラしているわけではありません。漱石先生がイライラしているのが伝わってくるんです。先生は世の中に怒っている。優しさを感じられない世の中に頭にきている。そして、それを世の中に直接ぶつけられない自分にも怒りを感じているんです」

漱石は、開けていた目を静かに閉じた。少し苦しそうにも見える。学生が放った言葉をどうとらえているのだろう。漱石が口を開いた。

「君の言う通りかもしれない。君が生きている時代がどんな時代か分からないが、この世は好意の干乾びた社会なのだ。その社会で、どう生きれば幸せになれるのか、私は分からない。自分が幸せでないのに、どうして人を幸せに出来るだろう。そう考えると、君の言う通り、私は始終イライラしているのかもしれない。妻からも、なぜイライラしているのかと問われる事があるよ」

そう言うと、漱石は苦笑いを浮かべた。

「今もそうお考えなのですか」

学生が漱石に尋ねた。

「残念ながらそうだよ。私のためなのだろうが、看護の者があちらこちらと動き回る。そうする義務があるから仕方ないが、何も言葉を発さずに、動き回る姿は不気味で恐ろしい。感謝するべきかも知れないが、それが出来ない。私は困った事に、好意を感じる事が出来ないのだ」

学生は、手元の剣を見つめながら言った。

「漱石先生がもしお望みならば、私がなんとかして差し上げられるかもしれません」

漱石は閉じていた目を開いて、学生の顔を見た。そして、驚いたようにさらに目を見開いた。魂子も学生の顔を見ると、いつの間にか学生の身なりが平安時代のような装束に変わり、口元に長い髭があった。そして、さっきまで錆びていた手元の剣は光り輝いていた。

「漱石先生、私のこの剣は真理の剣と呼ばれるものです。迷いを断ち切り、漱石先生の心の奥底にある、温かい気持ちをこの剣は呼び覚ます事が出来るのです。そのためには恐怖に打ち勝たねばなりません。私は、この剣を先生の心臓の真ん中に突き立てます。見れば、恐ろしいとも痛いとも思う事でしょう。それが迷いなのです。迷ってはいけません。この剣を、心の臓に受け入れる喜びを感じてください。出来そうですか？」

「恐くないと言えば嘘になるが、やってみておくれ」

漱石に迷いは無かった。学生は、七十センチほどの剣を、真っ直ぐに漱石の心臓に突き立てた。漱石は静かに目を閉じて、その剣を受け入れた。意外にも、漱石に苦しい表情は無かった。そして、学生は剣の柄《つか》を握ると、呪文のような言葉を唱えた。

目覚めの時がきた
思い描いた世界で生きよ
私は剣であり、剣はあなたである
今この時から迷いは断たれ
真理が目覚めるのだ

漱石の心臓に突き立っていた剣は、漱石の怒りを吸い取るかのように赤くなり、やがてその剣も学生の姿も見えなくなった。一人残された魂子が、漱石に声をかけた。

「漱石先生、もう終わったようですよ。ご気分はどうですか」

漱石は目を閉じたまま何も答えなかったが、両目から涙がこぼれ落ちた。その涙が漱石の答えなのだと魂子は思った。手の中で熱くなった龍石を魂子は右手で握りしめた。

薄れゆく意識の中でフツヌシノミコト、「真理に目覚めさせる神」という言葉が魂子の脳裏に浮かんだ。

漱石が参禅した帰源院
（鎌倉市、円覚寺）

第十二章　精神生活

魂子が一年で最も楽しみにしている季節が秋だ。夏の間、厳しい暑さに負けず青々としていた木々の葉が、少しずつ赤や黄色の葉に変わり、色づいていく様が実りを感じさせる。稲は黄金の穂を付け、栗の木には黄金の実が成る。

文学の授業のテキスト、夏目漱石の『思い出す事など』の二十五章、二十六章、二十七章の授業の準備をしながら、魂子は秋の深まりを感じていた。だが、その三つの章に、秋について書かれた文章があるわけではない。三つの章を読んで、漱石の中に何か実りのようなものを感じた、と言えば良いだろうか。二十六章では、次のような一文が光って見える。

余は寝ながら美しい食膳を何通りとなく想像でこしらえて、それを眼の前に並べて楽し

んでいた

大量に吐血した後、たった五十グラムの葛湯《くずゆ》しか飲ませてもらえなかった漱石が、しだいに平野水《ひらのすい》（炭酸水）を飲ませてもらえるようになり、やがてカジノビスケットやお粥、オートミールなどを食べさせてもらえるようになった話が二十六章には書かれている。甘いものに目がなかった漱石が、嬉しそうにカジノビスケットを食べる姿が目に浮かんだ。二十七章では、次のような一文が光って見えた。

始めてこの**精神生活**の光に浴した

教職を辞して好きな文筆の仕事をするようになっても、生活のために執筆に追われる日々で漱石は疲弊しきっていた。そんな中、大病を患った漱石が、誰のためでもなく自分のためだけに、時間を過ごす事ができる嬉しさが込められた一文である。

元気になっていく漱石の姿を思い浮かべながら授業の準備をしていたら、研究室のドアを叩く音が聞こえた。魂子がドアを開けると、見知らぬ女が立っていた。透けるように肌の色が白く、対照的に黒く長い髪が不気味だった。上下ともレースで編んだ白いジャケットとパンツを揃いで身に付けていた。清楚だが、人が持つ熱量のようなものが全く感じられなかった。そして、女にはオーラが無かった。オーラが無いのは、おそらく人ではないからだろう。人智を超えた存在であるに違いない。魂子は女を見た瞬間に、そんな事を考えた。

「何か御用でしょうか」

魂子が声をかけると、女は紅を引いた薄い唇を開けて答えた。

「ご相談があるのですが、宜しいでしょうか」

突然の訪問客だが、魂子は拒む気持ちにはならなかった。

「どうぞ、お入りください」

女は小花柄のソファに座ると、すぐに話し始めた。

「私は、ある方のお世話をしているのですが、食が細く生きる気力がありません。日々お食事を召し上がっていただくようお願いしているのですが、聞き入れてもらえないのです。困り果てていると、その方があなたの話をされたのです。あなたのこのお部屋に、美味しそうなものがテーブルの上にあったと」

魂子は、誰の事について女が話しているのか分からなかった。そして、テーブルの上に何があったのかも分からなかった。常にテーブルの上には何かしら菓子があり、客のためというより、自分のためにテーブルに菓子を置いていた。

「そうでしたか。日々来客があるので、どの方のお話をなさっているのかは分かりませんが、お気に召した食べ物がこのテーブルにあったというわけですね。具体的にそれが何かお分かりですか？」

「その方が申すには、丸い菓子だったようです」

ビスケットの事だろうか。確かに時折、昔ながらのビスケットを買ってきて、テーブルに載せている。牛乳と小麦粉、ショートニングとバターだけで作られた素朴な味のビスケットは、幼い頃病気になると母親がよく買ってきてくれた懐かしい菓子だ。今でも口に入れると、元気になったような気がする。ちょうど今日は、そのビスケットがテーブルの上に載っていた。

「あなたがおっしゃる「ある方」とはどなたの事でしょうか。差し支えなければお教えいただけますか」

女は少しためらっていたが、やがて口を開いた。

「実を申しますと、黙ってそこにあるビスケットだけをいただいて帰ろうと思っていました。しかし、そういう不躾《ぶしつけ》な事は出来ませんね。それに、ビスケットをいただいただけでは意味も無いのです。私は漱石先生のお世話をしております。先生のために、米を炊き重湯《おもゆ》を作って差し上げたのですが、一度召し上がったきり、何も口に入れようとはしません。それがもう三日目になるのです。困り果てていたら、漱石先生があなたのこの部屋に伺った時に、テーブルにあった菓子が美味《おい》しそうだったと申すのです」

魂子は、この研究室でテーブルや机の上にあるものを、珍しそうに眺めていた漱石の姿を思い出した。甘い菓子が好きな漱石は、このビスケットが気になったのだろう。それにしても、この女はどうやって現世まで来たのだろうか。またいつかのように、魂子の龍石の中の赤龍が呼び出されたのかも知れないと思って、机の上の龍石に目をやると赤龍は龍石の中にいた。

「そうでしたか。あなたは漱石先生のお世話をなさっているのですね。確かに以前、ここに漱石先生をお連れした事がございます。テーブルの上に、このビスケットがあったような気もいたします。ところで、あなたはどのように、この現世にお越しになられたのでしょうか」

魂子は、女の素性を確かめるために、思い切って尋ねる事にした。

「私は、あなたからこのような物をいただいているのです」

そう言うと、女は魂子の龍石と形が似た白い石を見せた。だが、その石には龍の模様は無かった。

「えっ?私があなたにその石を差し上げたのですか」

魂子は身に覚えのない話に、ただ驚くしかなかった。

「現世におられるので、忘れてしまわれたのですね。お持ちになっている龍石は、あなたにお父上が授けたもの。そして、あなたはその龍石の力を、わずかに私のこの石にお与えくださったのです。ですから、もうお分かりでしょう。この二つの石には、つながりがあるのです。私はいつでも、あなたのご様子を知る事が出来ます。あなたにとって大切な漱石先生は、私にとっても大切なお方です。だから、漱石先生をお守りしたいのです。お力をお貸しいただけますか」

魂子は女の言葉の意味が分らなかった。

「私の力？どのような力か分かりませんが、仮にあなたが求める力が私にあるとして、それをどのようにお貸しすれば宜しいのでしょう」

女は魂子の言葉を聞くと、テーブルの上のビスケットを一つ手にした。

「このビスケットに、あなたの光を当てていただきたいのです」

「光ですか」

光には色々なものがある。太陽の光に電灯の光、月の光もあれば蛍の光もある。魂子は自分の身体からそのような光が出ているような気はしなかった。

「私の光とは何でしょうか」

魂子は女に尋ねた。

「あなたの言葉です。すでにその事はご存知なのではないですか。文章を読む時に、言葉が光って見えているのではないですか。そして、その光る言葉を頼りに、漱石先生の元を尋ねられたのではないですか。言葉が光って見えるのは、あなたが漱石先生と関わられたからです。漱石先生を救わねば、あなたも現世で生きる事はできません。さぁ、あまり時間がありません。このビスケットに、あなたの言葉をお与えください」

魂子はそう言われても、すぐには言葉が思いつかなかった。授業準備で読んだ三つの章の光って見えた言葉が、魂子の頭の中で駆け巡る。

可憐な小さいもの
渇《かつ》
ひもじさ
生命の波動
常態
精神生活の光
実世間

木枯らしに木の葉が舞うように、魂子の頭の中で言《こと》の葉が舞った。やがて、舞っていた言の葉がぴたりと宙で止まった。魂子は女の手の中にあるビスケットに、魂が命ずるがままに言葉を唱えた。

可憐な小さいもののために、**渇**を越え、**ひもじさ**をしのび、やがて**生命の波動**を得た強きものよ。天から余儀なくされた**常態**に忠実に生き、束《つか》の間の**精神生活の光**で活力を得た今、**実世間**に再び戻る日が近づいているのだ。

そう魂子が唱え終わると、その瞬間に、女はビスケットとともに煙のように消えてしまった。ビスケットを持って、漱石の元に戻ったのであろう。漱石が嬉しそうにビスケットを口にする姿が目に浮かぶ。そして、トヨウケビメノカミ、「魂を満たす食べ物を与えるもの」という言葉が魂子の脳裏に浮かんだ。

菊屋で提供された膳
（夏目漱石記念館）

第十三章　私の未来

大きな商業施設や都会のビルの地下などに、手相を占う小さな一角がある。大雑把な星占いとは違い、一人一人の手相には個性がある。運命線や生命線、知能線や財運線など、本人が何も言わずとも手がその人の全てを物語る。人相も、どこにホクロがあると将来に支障をきたすとか、どこにアザがあると健康を害するとか、顔の造りでその人を物語って見せる。『思い出す事など』の二十八章には、そんな人相占いの話が書いてある。人相占いは「漱石の顔は半分に割ると上の方が長く、下の方が短すぎるので、釣り合いをとるためにあご髭を生やせば運気が安定し家が建つ」というものだった。漱石が二十七歳頃の話である。

この話を漱石は半信半疑で聞き、大病を患って髭を剃る事が出来なかった時期を除いては、あご髭《ひげ》を望んで生やす事は無かった。そして、生涯自分の家を建てる事も無かった。占いの通りだったとも言えるし、偶然そうなっただけとも言える。占いとはそういうものだ。

魂子の研究室に、オーラを見て欲しいと訪ねて来る学生の多くも、半信半疑で来る者が多い。手相や人相は古くから研究者がいて、統計的な根拠がある。一方、オーラとなると統計的な根拠さえない。訓練すればオーラが見えるようになるなどと言う人もいるが、オーラが見えるのは何か先天的なもので、訓練などで見えるようにはならないと魂子は思っている。その理由の一つが、オーラは実際には光ではないという事だ。つまり可視化できるものではなく、それをカメラなどで写したり、記録したりする事は出来ず、オーラの存在を証明する事は難しい。魂子は学生のオーラを見る時、オーラの色が見える前に必ず声が聞こえる。「赤い」とか「緑だ」とかささやくような声が聞こえるのだ。その瞬間に、ぱっと学生の周りにオーラの色が広がって見える。魂子に何かがオーラの色を伝えるというシステムであって、魂子自身がオーラを「見た」のではないのである。では、誰が魂子の耳にささやいているのか。

そんな事を考えていたら、研究室のドアをノックする音が聞こえた。時間はちょうど午後五時を過ぎたところであった。

「はい。どうぞ」

ドアに声をかけるとドアの隙間から可愛い目がのぞいた。

「魂子先生、オーラ、見てもらってもいいですか？」

「どうぞ」

文学の授業を受講している菊池梨花《きくちりか》だ。二週間に一回のペースで研究室に顔を見せる。気軽に来てもらえるのは魂子も嬉しい。

「前回、菊池さんが来てから、二週間も経ったんだね。来週で授業もおしまいだから、そろそろオーラ見るの、最後になるかな」

梨花は少し残念そうな顔をして「そうですね」と返事をした。

「今日のオーラは……」

魂子が梨花の顔を見ると、梨花は少し緊張した様子を見せた。

魂子の耳元で「ピンク色」という声が聞こえ、梨花に華やかなピンク色のオーラが広がる。

「菊池さん、今日はピンク色のオーラだね。相手の気持ちがとても良く分かったり、自分の気持ちがとても良く伝わったりする色のオーラだから、素直に人の話に耳を傾けたり、日頃の思いを伝えたりすると良いと思うよ」

そう梨花に言うと、嬉しそうに梨花はうなずいた。

「ありがとうございます。明日の文学の授業の予習で二十八章を読んでいたら、占いの事が出てきたので、魂子先生にオーラを見ていただこうと来ちゃいました」

「二十八章に、漱石が人相を占ってもらう話が出てくるよね。漱石は占いを信じていなさそうなのにね」

魂子はそう言って笑った。二十八章に次のような一文がある。

易断《えきだん》に重きを置かない余は、固《もと》よりこの道において和尚《おしょう》と無縁の姿であった。

「ああいう人相占いも、オーラを見るのと同じなんですか？」

さっき魂子が考えていた事を梨花に説明しようと思ったが、長くなりそうなので結論だけを伝えた。

「人相占いとオーラは同じじゃないと思う。今後の事についてアドバイスするという点では似ているけれど、オーラは自分では気付きにくい心の風景っていう感じかな」

「そうなんですね。確かに、魂子先生に言われて、初めてピンク色のオーラなんだと思ったし、言われてみればとても思いを伝えたい人がいて、今がその時なんだって勇気をいただきました」

「そんな風に自分の気持ちに気付いて、何かに活かしてもらえれば嬉しいな」

魂子は、オーラが学生の役に立っている事が嬉しかった。

「もしも、魂子先生が二十八章の占い師の代わりに漱石のオーラを見てあげていたら、漱石は素直になってあごに髭を生やして、家を建てていたかも知れませんね」

魂子は、梨花の言葉に何か複雑な気持ちになった。確かに、占いをした和尚《おしょう》の代わりに、もっと漱石の心を感じて言葉をかけていたのなら、漱石の人生は変わったのかも知れないと魂子は思った。果たして、漱石は家が欲しかったのだろうか。二十八章にこんな一文がある。

地面と居宅がきっと手に入ると保証されるならば、あの顎《あご》はそのまま保存しておいたはずである。

もし家を持つ事が保証されるならば、占い師の言う通り髭は剃《そ》らなかったと言う意味だが、そう考えると漱石はやはり自分の家を建てたかったのだろう。

「魂子先生、考えてみると不思議ですね。もし私が今日、魂子先生の研究室に来なかったらピンク色のオーラの話を聞く事はなく、弱気な私は思いを伝えないままになったかも知れません。運命が変わってしまうわけですよね」

「そうかも知れないね」

梨花が首を傾《かし》げながら、魂子に尋ねた。

「全ては運命なんでしょうか。それとも、偶然という事もあるのでしょうか」

魂子にとっても難しい問いだ。もし龍石を手に入れる事が無かったら、もし言葉が光って見えなかったらなどと、魂子は自身の事を思った。それは偶然なのか、運命なのか。

「菊池さんに、自信を持って言えるような答えは見つからないな」

魂子は正直に梨花に伝えた。

「そうですよね。答えは、きっと未来にあるんですね」

「未来?」

「日本史や世界史を勉強していると、過去を振り返ってこの出来事は運命だったとか、偶然だったとか思いますから」

確かに梨花の言う通りだ。龍石の力で過去に戻り、漱石に会って話をしたり、様々な出来事を共有したりした事は、運命なのか偶然なのかは未来で分かるのだろう。

「魂子先生、明日の文学の授業、楽しみにしています」

梨花は一礼すると研究室を後にした。


梨花の「答えはきっと未来にある」という言葉が、魂子の頭の中で何度も繰り返し響いた。これまでの事は偶然なのか、運命なのかをはっきりさせる事は大切な事なのかもしれないと思えてきた。偶然、龍石を手に入れ、偶然、龍石の力で過去に行き、偶然、漱石に出会えたのだとしたら、これまでの事にどんな意味があるのだろう。一方で、偶然ではなく運命なのだとしたら、私にとって、そして漱石にとってどのような意味があるのだろう。魂子は、これまでの数々の漱石との記憶をたどりながら考えた。机の上の『思い出す事など』は授業の準備のために、二十八章のページを開けたままだった。そのページに目をやりながら、魂子はつぶやいた。

「まだ残りの章に光る言葉がある」

『思い出す事など』は三十三章ある。二十八章から三十三章まで、残り六章の光る言葉はまだ十分に確認できていない。光る言葉を手がかりに最後まで読み進めれば、きっと答えは見つかるはずだ。梨花の言う「未来」はこの『思い出す事など』なのだから。魂子は二十八章にもある「**未来**」という光る言葉を手がかりに、再び菊屋に行く事にした。ちょうど机の龍石も、カタカタと音を立て始めた。魂子は、右手で龍石を握り締めると意識が遠のいた。

気付くと、魂子は菊屋の漱石の部屋の前にいた。修禅寺の太鼓の音がどん、どんと二回響いた。どこからか入ってくる隙間風で足元が寒い。今夜は、月が出ていないのだろう。廊下の窓の外は、漆黒の暗さだ。それに比べて、漱石の部屋はほの暗く、少し明かりが灯っているようである。漱石が寝ているようなら、現世に戻ろうかと思ったが、中から話し声が聞こえてきた。こんな真夜中に訪問者などいるはずないのだから、おそらく人ではないのだろうと魂子は考えた。障子を引いて中に入ろうかと迷ったが、廊下で少し様子を見る事にした。

「若い時に冗談半分で「**私の未来はどうでしょう**」と和尚に言って占ってもらった事があった」

「そうですか。和尚に、未来について尋ねたのですね」

漱石は声の主に、占いについて語っているようだった。魂子がちょうど今読んでいる二十八章の話だ。

「それで、その占いは当たりましたか」

声の主が漱石に尋ねた。

「当たっていると言えばそう言えなくもないが、和尚《おしょう》の言うがままになるのが嫌で「ほら占いなんぞ当てにならない」と言うために和尚の言う通りにはしなかった」

「和尚はなんと言ったのです」

「あごの髭を生やせば、土地と家が手に入ると言うのだ」

声の主は漱石の話を聞いた後、しばらく黙っていた。

「私も占いをしておりますが、占いにも二通りありまして、行く末を案ずるものと行く末を念ずるものでございます」

「どう違うのだね」

「未来の出来事ばかりを見る占いは、行く末を案ずる事になります。魂を見る占いは、行く末を念ずる事になるのです」

漱石は「ほう」とだけ答えた。きっと良く分からなかったのだろう。魂子にも声の主の言っている事が分からなかった。

「では、和尚はどちらの占いをした事になるのだね」

漱石は結論を求めた。

「あなたの行く末を、案じていたのでしょう。あごに髭を生やしたとしても、土地も家も手に入らなかったでしょう」

声の主の言葉を聞いて、漱石は愉快そうに声を立てて笑った。

「やはりそうだったか。無駄に髭など生やさずにいて良かった」

「ところで、あなたは占いをすると言うが、どちらの占いをするんだい」

声の主に漱石は尋ねた。

「私は、行く末を念ずる占いをいたします」

「ほう。それでは一つ、私の行く末を占ってもらおうか。あなたの占いなら信じても良い気持ちになっておる」

漱石の声は弾んでいた。

「そうあなたがおっしゃるなら」

廊下で二人の会話を聞いていた魂子は、声の主の占いが漱石の生死を分けるような気がして急に不安になった。声の主が次の言葉を発する前に、魂子は障子をからりと開けた。

「漱石先生、夜分に申し訳ありません」

漱石は驚いて魂子を見た。

「あぁ。君かい。どうしたんだい今時分に」

声の主は、平安時代の装束《しょうぞく》のような恰好《かっこう》をした男だった。紫色の装束を身に付け、オーラは無かった。やはり人ではないのだろう。男は、漱石の寝床の横に座っていた。

「申し訳ございません。どうしても、漱石先生にお尋ねしたい事があって参りました」

「なんだい？」

漱石に問われたが、あわてて部屋に入った魂子には、その答えが準備出来ていなかった。あれこれと魂子が考えていると、男が魂子に話しかけた。

「現世では、そのようなお姿をなさっていらっしゃるのですね」

寝床で横になっている漱石は少し驚いて、男と魂子の顔をかわるがわる見た。

「知り合いなのかい」

漱石に尋ねられ、魂子は「知りません」と答え、男は「そうです」と答えた。

男は魂子の顔を見ると、不思議そうに尋ねた。

「私の事はお分かりにならないのですね。こうして過去に戻り、この方とお会いしているのは、単なる偶然でしかないとお思いなのでしょうか」

魂子が知りたかったのは、まさにそれだ。

「偶然、龍石が手に入り、偶然、漱石先生を訪ねる機会を得たものと思っています」

魂子は、今考えている事を正直に答えた。男は少し落胆したように目を伏せた。

「今夜、私がここに居るのも、あなたが私を招いたからです。その事もお忘れなのですね」

身に覚えがない魂子は、返事に困った。

「この世に偶然などありません。それは一番あなたがよくご存知でしょう。これまでの事を思い出してみてください。龍石はあなたが選んだのではありません。手の中に龍石がするりと自ら入ったのです。龍石が鳴るのも、あなたがこちらに来ようと思った時に鳴ったはずです。光る言葉も、あなたと関わりがある言葉が光っているのです」

魂子は男の話を聞きながら、これまでの事を思い出していた。男の言う通りかもしれないと思った。偶然でないならば、運命という事になるのだろうか。その事を男に問う勇気は魂子にはなかった。

「あなたの言う通りだとして、私は何者なのでしょう」

「光です」

男の短いその答えに、魂子は驚いた。

「光と言っても、今のあなたには分からないでしょう。違う言い方をすれば魂です。あなたの母親は「魂の子」という声を聞いて、あなたの名を付けられたのではないですか？」

確かに、男の言う通りだった。母親が出産する間際に、虹色の光が見えて「魂の子」という声が聞こえ「魂子《たまこ》」と名付けたのだと母親から聞かされていた。

「光であるあなたには本来は形がない。現世ではその体を得て、魂としてその体に宿っているのです。あなたはこの方のために下界に降り、私たちを呼び寄せたのです。その事も思い出してください。アマテラスというご自身の本当の名も。あなたの持つ龍石は、あなたの父であるイザナギノミコトが、下界に降りるあなたのために天界の秘宝を削り、作ったものなのです。そして、赤龍はイザナギノミコトの血から生まれたものです。全てをすぐには思い出せないかもしれません。しかし、少しずつあなたの記憶が呼び覚まされ、秘められた力が覚醒《かくせい》すれば、我らと共に多くの魂を救う事になるでしょう」

魂子は、男の言う事をにわかに信じる事は出来なかったが、脳裏に多くの神々の名が浮かび、自身がいた美しい天界《てんかい》が目に浮かぶような気がした。

「私はこの方を、占い念ずるためにあなたに呼ばれました。それでは、占いを続けても宜しいですか」

男は魂子にも漱石にも同意を得ようとした。二人の話を目を閉じて聞いていた漱石は、男の言葉に同意した。

「ぜひ占っておくれ」

男は姿勢を正すと、静かに語り出した。

「あなたは、間もなくこの病から抜け出す事が出来ます。神々があなたを守り、ここにいるアマテラスがあなたを守っているからなのです。生きる事に感謝し、命の尊さを人に伝える伝道師としての役目を果たしてくださるよう念じます。きっと、あなたなら、その役目を果たしてくださるに違いありません。そのためには、ご自身の魂に耳を傾ける事です。そうすれば、私たちとつながり続ける事が出来るでしょう」

男はそう言うと、魂子の顔をちらと見た。魂子の耳元で「金色だ」という声が聞こえ、漱石に金色のオーラが広がった。魂子は男に尋ねた。

「今「金色だ」と私にささやいたのは、あなたなのですか」

男は首を横に振った。

「あなたは、ご自身の魂の声を聞いているのです」

「私の？」

「先ほども申しましたように、あなたはアマテラスであり光なのです。その光が魂となってあなたの体に語りかけ、それをあなたの体が言葉にし、その声を聞いているのです」

魂子は男の言葉を確かめる方法が分からなかったが、オーラが見えるのも光る言葉が見えるのも、龍石があるのも、偶然ではなく運命なのだという事だけがはっきりと分かった。これまでの男とのやりとりを聞いていて、漱石はどう思ったのだろうか。魂子は、黙って聞いている漱石の気持ちが知りたかった。

「漱石先生、私がここに来たために、かえってご心配をおかけしているのではないかと申し訳なく思っております」

魂子が漱石にそう声をかけると、意外な返事が漱石から返ってきた。

「君とつながり続けられれば良いんだが、自分の魂に耳を傾ける事など出来るのか、私には自信がないよ」

漱石の瞳には、不安の色があった。

「漱石先生なら、きっと大丈夫です」

魂子は男と同じように、そう念ずる他なかった。魂子の右手の龍石が熱くなり、現世に戻る時が来た。遠のく意識の中でフトダマノミコト、「占いと祭祀を司る神」という言葉が魂子の脳裏に浮かんだ。

第十四章　則天去私

文学の授業もいよいよ明日が最後となった。三十一章、三十二章と、最終章の三十三章を学生と読む。三十一章は大患を経て痩せ衰えた自身の姿に、老いを認める漱石の潔さが書かれていた。三十二章は二ケ月を過ごした修善寺を出て、東京に向かう漱石の安堵《あんど》の気持ちが書かれている。三十三章は東京の病院に戻り、病床にありながらも新しい年を迎える事が出来た喜びが綴《つづ》られていた。

八月二十四日の、人事不省《じんじふせい》に到らしめた大吐血を考えると、漱石が乗り越えてきた苦しみの大きさを思わずにはいられない。最後の三つの章には、そうした苦しみを乗り越えた、漱石の開放感が感じられる。魂子は、新しい春を迎える事の出来た漱石の晴れ晴れとした姿を想像した。一方、この三つの章には、光る言葉はたった三つしかなかった。

当時の自分
今の自分
対照

最終章の最後の一文は、入院中の事は今ではほとんど覚えていないが、当時の自分と今の自分との違いは明確である、という事のみが書いてあった。漱石はどう変わったのか、肝心なその答えを漱石は書いていなかった。魂子が漱石と関わった事にどんな意味があったのか、その答えも分からぬままという事だ。分かるのは漱石が「変わった」と自覚している事だけだった。病は癒えても、結局、魂子は漱石を救えなかったのではないか。魂子は三十三章にある、三つの光る言葉を眺めながら、寂しい気持ちになった。

魂子は研究室の窓の外の桜の木を眺めながら、先日のフトダマノミコトの言葉を思い出していた。全ての事は、偶然ではなく運命なのだ。魂子は、自分に言い聞かせるようにその言葉を声に出した。

「全ての事は偶然ではなく、運命なのだ」

するると、目の前の桜の木が、大きく揺れたような気がした。三階にある魂子の研究室からは、大きく張り出した桜の木の枝が良く見える。十一月に入り桜の木の葉は紅葉し、十二月となった今は、多くの葉が散り始めていた。枯れた葉が、カサカサと音を立てて大きく揺れたような気がしたのだ。その葉の間を、桜色の羽をした蝶が飛んでいた。いつか見た、桃色の蝶よりも淡い色の羽だ。やがてその蝶は、魂子の研究室の窓辺に止まった。桜色の触覚に桜色の瞳がある。そっと魂子が窓を開けると、蝶はひらりと部屋に入って、研究室の机の上の龍石にとまった。

「何か伝えたい事があるんだね」

魂子は蝶に語りかけた。蝶は再びふわりと宙を舞うと、開いてあった『思い出す事など』の最終章の最後の一文にとまった。そして、蝶は少し浮き上がると、小刻みに桜色の羽を震わした。桜色の鱗粉《りんぷん》が、開いたページに降り積もる。開いたページは徐々に桜色に染まっていき、一方で桜色の羽をした蝶はその姿が見えなくなっていった。このページをどうしろと言うのだろう。魂子は、桜色に染まって文字が読めなくなったページを前に困惑した。ページは桜色の鱗粉が降り積もって、ふんわりと膨らんで見えた。拭き取るか、吸い取るか、はたくか、そんな事を考えていたら、研究室のドアを叩く音が聞こえた。魂子がドアを開けようと立ち上がると、その勢いでページの上にあった桜色の鱗粉が部屋中に撒《ま》き上がった。鱗粉は桜の花びらのように宙を舞う。桜色の鱗粉で前がよく見えなかったが、ようやく研究室のドアを開けると、そこには見知らぬ女が立っていた。女は、桜色の鱗粉が舞う部屋の中を見ても驚かなかった。

「何か御用でしょうか」

魂子が尋ねると、女は微笑みながら答えた。

「いえ、私をお呼びになられたので参りました」

魂子は、呼んだ覚えはなかった。

「私があなたを呼びましたか」

女は微笑みを絶やさず、穏やかに答えた。

「漱石先生について、お尋ねがあるのだと聞いております。中に入っても宜しいでしょうか」

魂子は、女を小花柄のソファに掛けさせると、不思議な事に部屋中を舞っていた桜色の鱗粉は、全て女の手のひらに落ちていった。そして、女は優しく魂子に語りかけた。

「漱石先生の事がご心配なのですね。お忘れかと思いますが、あなたのお言いつけ通り、漱石先生は今、私と共におります。お健《すこ》やかに過ごされています。私には仲の良い姉がいますが、姉と一緒で無いので漱石先生は長寿にはなられないでしょう。それが残念なところでございます。それでも、私と共にいる事で、安心なさっているように思います。ご心配ならお会いになられますか」

魂子は、女の話を聞いて驚いた。

「漱石先生に、お目にかかる事が出来るのですか」

魂子は是非とも漱石に会って、最終章の最後の一文について尋ねたかった。

「お会いできますとも。私と一緒にいるのですから」

女はそう言うと、手のひらにあった桜色の鱗粉を部屋高く撒き上げた。再び桜色の鱗粉は部屋を舞い、やがて桜の花びらとなって満開の桜の木が部屋に現れた。部屋を舞う桜の花びらに気を取られていた魂子に、懐かしい声がかかった。

「久しぶりだね」

声のする方を見ると、女が座っているソファとは別のソファに漱石が座っていた。

「漱石先生、お会いできて嬉しいです」

魂子の目から、涙があふれた。

「君にはお世話になったのに、礼も言わずに過ごしてしまったが、君との事は大切な思い出として記憶に残っているよ。修善寺の大患の事を『思い出す事など』という書物にまとめたんだ。君はきっとそれをこの現世で読んでくれているんだね。君との事はもちろん書かなかった。大切な思い出だからね」

そう言うと、漱石は女の顔をうかがった。

「漱石先生、あのお話をなさらなければ」

女は漱石に促すようにそう言った。

「魂の声が聞こえているかどうかは分からないが、間もなく書く小説でその答えを出そうと思っている。君との約束だからね。もし、その小説が永く読み継がれるものであるなら、それが君への永遠のメッセージだと思って欲しい」

魂子はあふれ出る涙を、止める事ができなかった。漱石の言葉を聞いて、全ては偶然では無かったのだと魂子は悟った。

「私との約束とは、命の尊さを人に伝える伝道師となる事ですね。魂の声を聞き、運命を天にゆだねる漱石先生の生き方はまさに「則天去私《そくてんきょし》」ですね」

魂子は、漱石にそう言葉をかけた。

「則天去私」

漱石は魂子の言った言葉を繰り返した。漱石にはまだその言葉が心の中《うち》には無かったのだと気付いて、魂子は自分の迂闊《うかつ》を恥じた。

「なるほど。則天去私か」

そうつぶやくと、漱石はソファに座る女の顔を見て微笑《ほほえ》んだ。

「この人のおかげで、行く先々で美しい花々を見る事が出来る。いつかは私自身が心を浄《きよ》くして、白い桔梗《ききょう》にでもなりたいものだね」

魂子の脳裏にコノハナノサクヤヒメ、「花開かせる女神」という言葉が浮かんだ。

微笑む漱石には、輝くような金色のオーラがあった。

「アマテラス様、これでしばしのお別れです」

女は魂子にそう言うと、桜の花びらが宙を舞い、漱石と女は桜の木とともに消えてしまった。

魂子は、机の上の龍石を握りしめると、これまでに会った神々の姿を、曼荼羅《まんだら》の絵のように思い出した。

帰源院　漱石句碑

佛性《ぶっしょう》は
白き桔梗に
こそあらめ

あとがき

前作『石部魂子教授の事件簿』は現代の若者が抱える苦悩がテーマでしたが、本作『石部魂子教授と龍石の謎』は、現代を生きる私たちが向き合う苦悩をテーマとしています。様々な分野で変革が進む一方、閉塞感のある現代社会にあって、どう生きるべきか、今何をすべきかを自身に問いかけても、答えは容易に見つかりません。現代を生きる私たちばかりでなく、今から百五十年以上前を生きた夏目漱石もまた、二十七歳の時に鎌倉の円覚寺に参禅し、その答えを見付けようとしていました。

「どう生きるか」、「何をすべきか」に対する答えは「自分が何者か」を知る事にあります。円覚寺の高僧は、漱石に「父母未生以前本来《ふぼみしょういぜんほんらい》の面目《めんもく》とは何か（両親が生まれる前の本当のあなたとは何か）」と問いましたが、漱石はその答えを見付ける事は出来ませんでした。その十六年後、漱石は四十三歳になり、若き日の参禅の事を小説『門』に書いていますが、主人公の野中宗助《のなかそうすけ》もまた答えを得られず円覚寺を後にしています。漱石が胃潰瘍《いかいよう》で入院したのは、その『門』の連載を終えた直後の事でした。

退院後、漱石は転地療養のために訪れた、修善寺の旅館「菊屋」で胃潰瘍が悪化して危篤状態となります。死を目前にして、漱石は円覚寺で得られなかった答えを見付け出す機会を得ます。その過程が丁寧に書かれた『思い出す事など』は、主人公が夏目漱石自身である、生々しい生還録となっています。

一方で『思い出す事など』を読むと、漱石は思い出しても書かなかった事があるのではないか、漱石の日々の変化はそのような謎めいた気持ちを読者に抱かせます。本作は、漱石が書かなかったもう一つの『思い出す事など』としてミステリアスに物語が展開します。そして、冒頭で述べた「どう生きるべきか」「今何をすべきか」の答えが終盤に明らかになります。答えは、十四の章に登場する神々を通して曼荼羅《まんだら》のように描かれ、最終的には自然と融合する事を意味する「即天去私」の言葉に結実します。

主人公の魂子は、漱石と神々に会う事で、自分が何者かを知り本書は終わりますが、ここから魂子の覚醒の旅は始まるのです。

参考

1. 明治四十三年八月六日から十月十一日まで、漱石が滞在した「菊屋」の部屋は、修善寺の「虹の郷」にある「夏目漱石記念館」に移築され保存されています。漱石が過ごした部屋のみならず、廊下や縁、控室、当時菊屋で提供されていた膳や、漱石の自筆の原稿なども展示されており、自由に見る事が出来ます。
2. 「菊屋」は現在も営業しています。実際に漱石が滞在した部屋は移築されていますが、滞在した場所（本館二階）に「漱石の間（梅の間）」があり宿泊可能です。
3. 『思ひ出す事など』は、漱石が明治四十四年に東京の長与胃腸病院を退院後、朝日新聞に三十三回にわたって連載され、明治四十四年八月に刊行されました。『思い出す事など』は青空文庫のスマホアプリを使ってダウンロードするか、青空文庫のサイトにアクセスして、無料で読む事が出来ます。下のＱＲコードを読み取って、本書の太字となっている言葉を『思い出す事など』の本文で、ぜひ探してみてください。

［著者紹介］

入部明子（いりべ・あきこ）

本名　石垣明子　一九六四年福岡県生まれ

筑波大学大学院教育学研究科博士課程単位取得満期退学。現在、つくば国際大学教授。専門は日米の比較言語教育学。二〇〇二年度〜二〇一二年度ＮＨＫラジオ高校講座「国語表現Ｉ」監修・講師、二〇一四年度〜二〇一七年度ＮＨＫテレビ高校講座「国語表現」監修・講師。主な著書に『パワー・ライティング入門』『パラレル・ライティング入門』（共に大修館書店）『その国語力で裁判員になれますか』（明治書院）『石部魂子教授の事件簿』（星雲社）他多数

石部魂子《いしべたまこ》教授《きょうじゅ》と龍石《りゅうせき》の謎《なぞ》

二〇二四年十月二十二日　第一版第一刷発行

著　者　入部明子《いりべあきこ》
発行者　西田　勝
発行所　銀河書籍　TEL：〇七二-三五〇-三八六六
大阪府堺市堺区南旅篭町東四-一-一
発売所　（株）星雲社（共同出版社・流通責任出版社）
TEL：〇三-三八六八-三二七五
東京都文京区水道一-三-三十
装幀者　ＮＯＢＵ
印刷・製本　有限会社ニシダ印刷製本
定価は裏表紙に表記してあります。
乱丁・落丁本の場合は右記宛にご送付ください。
ISBN 978-4-434-34926-3